ENQUANTO MEU AMOR NÃO VEM

ISABEL VIEIRA • JANUÁRIA CRISTINA ALVES
JORGE MIGUEL MARINHO • LUIZ GALDINO
MÁRCIA LEITE • VIVINA DE ASSIS VIANA

Ilustrações
SÔNIA MAGALHÃES

ENQUANTO MEU AMOR NÃO VEM

Coleção Jabuti Vida

Selecionado para o PNLD 2000/2001

2ª edição
6ª tiragem
2018

Editora Saraiva

Editora Saraiva

Avenida das Nações Unidas, 7221
CEP 05425-902 – Pinheiros – São Paulo-SP
Fax: (0**11) 4003-3061
www.aticascipione.com.br
atendimento@aticascipione.com.br

CL: 810159
CAE: 571396

Editora: CLAUDIA ABELING-SZABO
Assistente editorial: NAIR HITOMI KAYO
Suplemento de trabalho: ROSANE LÍMOLI PAIM PAMPLONA
Coordenação de revisão: PEDRO CUNHA JR. E
LILIAN SEMENICHIN
Gerência de arte: NAIR DE MEDEIROS BARBOSA
Diagramação: MARCOS ZOLEZI
Finalização de capa: MAURO MOREIRA

Dados Internacionais de Catalogação na Publicação (CIP)
(Câmara Brasileira do Livro, SP, Brasil)

Enquanto meu amor não vem / Isabel Vieira et al.; ilustrações Sônia Magalhães. — São Paulo : Saraiva, 1998. — (Jabuti)

ISBN 978-85-02-02792-3

1. Literatura infantojuvenil I. Vieira, Isabel. II. Magalhães, Sônia. III. Título. IV. Série.

98-3662 CDD-028.5

Índices para catálogo sistemático:
1. Literatura infantojuvenil 028.5
2. Literatura juvenil 028.5

Impressão e acabamento: Renovagraf

Sumário

Bordando este livro

Primeiro chegou "Foi bom te ver, James Dean", misturando moderno e antigo, a fantasia dos anos 60 com o ciberespaço do ano 2000. A história de um amor tão esperado com um final absolutamente inesperado. De mexer com o coração.

Em seguida, pousou em minhas mãos "Olhos de amoras", um Romeu e Julieta que de tão conhecido faz a gente querer ler de novo e sempre, e torcer pelo final que Shakespeare — e, às vezes, a vida — não pôde nos dar.

Mais uns dias e me peguei rindo com "Problema bom", delicioso como um chocolate, divertido e delicado como um filme do Carlitos. O amor por uns Olhos que, com certeza, todos nós já vimos um dia. O livro, como um bordado, ia tomando forma.

Não demorou muito e me vi devorando "Me preparando para te encontrar", e acabei me apaixonando mesmo foi por Maria Clara, tão igual à imensa maioria das meninas que existem por aí, querendo ser "lindas e louras", preparando-se para um príncipe (também "lindo e louro")... A tessitura do texto parecia quase pronta. E os contos, encomendados um a um, como linhas que se cruzam e se encontram na agulha, iam formando um conjunto, uma trama encantadora compondo o bordado daqueles que esperam o Grande Amor.

Para encerrar, "Enquanto meu amor não vem", início e fim do livro. Um espanto: o James Dean da Vivina é o mesmo do Jorge, os olhos do Galdino remetem aos da Márcia. Os contos se encontraram, sincrônicos, sem que os autores tivessem trocado uma palavra sequer. Penso que é assim que se constituem os livros que precisam existir. Fazem-se sozinhos, em sua força.

Enquanto meu amor não vem, coletânea de seis contos, de seis autores diferentes, retrata esta espera tão misteriosa, fascinante e imprescindível para qualquer ser humano: a espera do Grande Amor. Estilos e jeitos diversos de ver a vida fizeram com que os autores nos revelassem, de um jeito original e maravilhoso (todos são grandes mestres da nossa literatura infantojuvenil), este movimento.

O enigma desta Espera e a possibilidade de trabalhar com amigos queridos e escritores que admiro me motivaram a pegar o bastidor e arrematar este bordado. Agora, ao vê-lo pronto, orgulho-me do resultado. A todos aqueles que esperam, este livro. E a certeza de que, um dia, irão encontrar.

Januária Cristina Alves

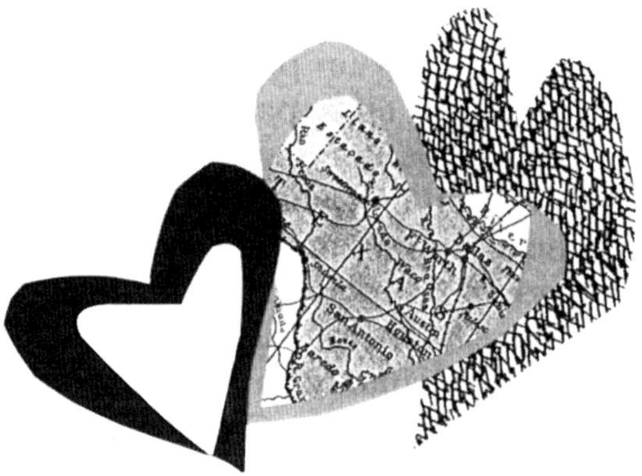

Enquanto meu amor não vem

Vivina de Assis Viana

Enquanto meu amor não vem, estou aqui, pensando nele. Pensando não, imaginando. A gente só pensa em quem conhece, e eu nunca vi esse meu amor, nem de muito longe.

Imaginar é mil vezes mais fácil. É pensar do jeito da gente. Mil vezes mais fácil.

Se eu for imaginar do meu jeito, meu amor vai ter a cara do James Dean. Nunca vou me esquecer dos dois filmes dele que vi no cinema aqui da cidade, um com nome grande, *Assim caminha a humanidade*, outro, pequeno, *Vidas amargas*. Nunca vou me esquecer. Vou passar o resto da vida me lembrando das histórias, das paisagens, das músicas, das cores, das roupas, dos risos, das lágrimas.

Acho que quando meu amor vier — se vier —, ele vai chegar assim, feito o James Dean nos filmes. Com jeito de quem não quer nada, querendo tudo. Usando aquela camiseta que o James Dean nunca tirou. Branca, colada no corpo. Os jeans também, justos, colados nas pernas. Ah, e desbotados. Desbotadíssimos.

Ele vai chegar assim, feito o James Dean, colado e desbotado. Com aquele jeito de moço desamparado, parecendo pedir um abraço.

Se eu pudesse, abraçava o James Dean bem abraçado. Fazia o filme virar verdade e ia passear com ele nas ruas dos Estados Unidos. Ele mora lá.

As ruas daqui eu já conheço. Cheias de buracos, a gente nem consegue passear direito. As de lá, eu nunca vi, preciso imaginar. Ainda bem que sou treinada em imaginação. Quase diplomada.

Neste exato momento, estou me imaginando nas ruas de lá — planas, cheias de árvores —, com o James Dean de verdade. Não esse, dos filmes. Esse, que só quer saber de abraçar a Elizabeth Taylor, a mulher mais bonita do mundo, segundo meu pai, esse ia querer me abraçar?

O James Dean que está passeando comigo pelas ruas do Texas é igualzinho ao da Elizabeth Taylor, com uma diferença. Ele quer me abraçar. Sei que quer. Sinto, estou sentindo. Agora, neste exato momento. Se não quisesse, por que iria parar bem debaixo dessa árvore, logo no lugar mais escuro da rua? Por que iria me apertar contra ela e ir se chegando, cada vez mais? Por que falaria assim, baixinho, de um jeito que ninguém nunca me falou?

— Estou gostando de você — ele diz.

— Pensei que você só gostasse da Elizabeth Taylor — respondo, olhos colados na camiseta dele.

— Só gosto dela naquele filme dos poços de petróleo aqui do Texas. Nem sei onde ela mora.

— Você nunca fez com ela assim, desse jeito que está fazendo comigo?

Ele me olha, calado.

— Você nunca encostou a Elizabeth Taylor numa árvore, a rua quase vazia?

Ele me olha mais de perto e o abraço acontece. Não era só ele, com aquele ar de desamparo, que estava pedindo para ser abraçado. Sinto que espero esse abraço desde aquela tarde de chuva em que larguei tudo, quarto desarrumado, porta aberta, e voei para o cinema, como se o mundo fosse se acabar.

O mundo se acabou horas mais tarde, quando tive certeza de que o meu James Dean e o da Elizabeth Taylor de meu pai não iria mais aparecer na tela.

Grudada na cadeira, como a roupa no corpo dele, em êxtase, como diz meu avô, não consegui me levantar.

A chuva tinha parado, não caía mais nem um pingo, e eu ali, sem nem lembrar o caminho de volta.

Fiquei lá, muda. Surda não, nem cega. Meus olhos extasiados seguiam contemplando o James Dean, mesmo com a tela vazia e as luzes apagadas. E meus ouvidos emocionados seguiam gravando sua voz, mesmo sem entender quase nada daquele inglês engasgado, falado pra dentro. Aquele inglês que cochichava "I love you so much" no ouvido da Elizabeth Taylor, como se existissem só os dois no mundo. Como se o Rock Hudson, marido dela e dono dos poços de petróleo, estivesse lá na China, visitando as plantações de arroz das fazendas comunitárias do governo de Mao Tsé-tung.

— Fala "I love you so much" — peço, apertando o abraço, no escuro mais escuro da rua.

— Por acaso estamos filmando? — ele cochicha, me olhando nos olhos.

— A gente só pode falar de amor nos filmes?

— Em inglês, sim — ele brinca.

O braço dele sobre meus ombros, saímos andando. Como quem não quer nada, querendo tudo. Ele me olhando, sendo olhado. Acariciando, sendo acariciado.

— Posso te dar um beijo? — ele pergunta, debaixo de outra árvore.

— Em inglês ou em português? Beijo de mentira ou de verdade?

— Beijo de Teresa — ele diz.

Meu nome é Teresa. Se fosse Elizabeth, estaria perdida. Mesmo sendo a mulher mais bonita do mundo, ele não ia saber meu endereço.

Sou Teresa, ainda bem. Nome escolhido por meu avô, que gosta de saber da vida dos santos. Ele se encantou com Santa Teresa de Ávila e, por causa disso, quando nasci, minha mãe não precisou fazer lista de nomes. Se eu fosse homem, seria Francisco, também por causa do santo, aquele dos passarinhos. Mais uma vez, minha mãe se livraria da lista.

Quando meu primo nasceu, a gente contando ninguém acredita. Minha tia gastou dois cadernos de cinquenta folhas cada um, com nomes e mais nomes. Mesmo parecendo mentira, juro que é a mais pura verdade. Mesmo parecendo filme de ficção, falado em inglês engasgado, juro que não é. Trata-se da maior pesquisa de nomes já feita na família. Dois cadernos, cada um com cinquenta folhas. Tudo divididinho. Nomes gregos: Diógenes, Platão; nomes latinos: Augusto, Cláudio; alemães: Bernardo, Guilherme; árabes: Gamal, Sadam; judeus: Moisés, Samuel; cristãos: Lucas, Mateus; indígenas: Ubirajara; japoneses, até fenícios.

Não me lembro, mas James Dean devia figurar na lista dos cadernos da minha tia. Ela adora artistas, como meu avô adora os santos. Tal pai, tal filha. Ele, com Santa Teresa de Ávila e São Francisco; ela, com Rodolfo Valentino, Gary Cooper, Humphrey Bogart.

O pior é que depois de tanta procura, tanto trabalho, tantas folhas dos dois cadernos de cinquenta folhas, o nome do meu primo, José de Arimateia, acabou virando Zé. Só Zé. Zé da Marcação. Ele passa o dia inteiro na Santa Casa, marcando consultas para o povo todo daqui. No começo, todo mundo falava Zé da Marcação de Con-

sulta. Com o tempo, ficou só Zé da Marcação, nome que nunca esteve em lista nenhuma de tia nenhuma, desse ou de outros mundos.

Sorte minha meu avô ter se extasiado com Santa Teresa. Mais que sorte, salvação. Escapei de me chamar Elizabeth Taylor Junqueira. Deus me livre. O James Dean não ia colocar o braço nos meus ombros, só ia me abraçar em filmes de poços de petróleo, e eu ainda teria de me casar com o Rock Hudson, que vive rondando a Doris Day, em milhares de outros filmes. Não ia dar certo. A Doris Day vive cantando. Começa no café da manhã e não para mais. Não ia dar certo.

Dizem que "quem canta seus males espanta". Pode até ser. Quanto a mim, tenho medo de exagerar, cantar além da conta e espantar o James Dean, um cara calado, taciturno. E se eu espantar o James Dean, espanto também o meu amor, que vai ser do jeito dele. Calado, taciturno. E se eu espantar o meu amor, há tanto tempo esperado e imaginado, não vai existir Doris Day capaz de espantar meus males. Corro o risco de me calar e taciturnar.

Se minha tia fosse fazer uma lista de palavras esquisitas, nem que fosse num caderno só, com certeza ia começar com taciturno, que só perde para macambúzio, que significa quase a mesma coisa.

Pois, se eu espantasse o James Dean e se, por tabela, meu amor que nunca existiu também desaparecesse, eu me tornaria eternamente taciturna e macambúzia. Teresa Junqueira, a Taciturna. Sombria, misteriosa. Mais pra lá do que pra cá. Macambúzia.

Enquanto meu amor não vem, fico aqui, imaginando e imaginando-o. Escrevendo, conversando comigo. Ora num inglês engasgado, falado pra dentro, do jeito deles, lá no Texas, ora num português soletrado e decifrado, falado pra fora, do nosso jeito, aqui na divisa desses dois estados, Minas e São Paulo, que às vezes parecem um só.

Meu amor e James Dean também parecem um só. A diferença é que um deles, justamente o de mentira, existe de verdade. Passeia comigo, me abraça, me encosta na árvore, me dá um beijo de Teresa, Teresa Junqueira. O outro, justamente o de verdade, de carne e osso, nunca apareceu na minha frente. Nem nas minhas costas. Nunca sequer avisou que está vindo, chegando. Que a passagem está comprada.

Outro dia, sonhei a noite inteirinha com ele. A primeira vez. Nunca tinha acontecido. Foi engraçado, não tive surpresa nenhuma. Pensando bem, acho que não era pra ter mesmo. Pois não sei tudo sobre ele, de tanto imaginar?

Ele chegou cansado, ofegante, com a mão no peito. Cheguei a me assustar. E se ele fosse asmático, ou cardíaco? O susto durou pouco. Estou cansada de saber que doenças não fazem parte de seu currículo.

— Por que você está cansado desse jeito?

— Vim correndo.

— Tanto assim?

— Voando.

Imaginei-o com asas, mas ele nada tinha de anjo. Nem ao menos olhos azuis. E usava jeans e camiseta,

como eu soubera desde sempre. Anjos, mesmo os de hoje, usam camisolas de cetim e participam, nas noites claras de maio, da coroação de Nossa Senhora.

Aqui na divisa vive tendo coroação, principalmente desse meu lado de cá, de Minas. Ou das Gerais, como costuma dizer meu avô.

Tudo acontece lá na praça, perto da padaria, do banco e do cinema onde me encontro com o James Dean.

Bem no meio da praça, em frente à igreja, um palanque de madeira, coberto com tecido branco rendado, abriga lírios e anjos. Ao centro, no fundo, a imagem de Nossa Senhora das Graças, às vezes substituída pela das Dores.

Praça repleta, todo mundo cantando "com minha mãe estarei", uma menina vestida de virgem, branca como os lírios, coloca a coroa sobre a cabeça de Nossa Senhora.

Um dia, fui eu. Vestido branco da Primeira Comunhão, lírios, rendas, anjos, vozes, olhei para o céu, "com minha mãe estarei", coroei a santa com firmeza, tremendo, e pedi, tão baixinho que ela não deve ter ouvido:

— Enquanto meu amor não vem, que ele não encontre ninguém antes de mim.

Naquele dia, tive medo de que esse meu amor, que não sei de que lado da divisa está — se de cá, das Gerais, se de lá, no chão dos paulistas, se nos dois —, naquele dia, tive medo de que ele se encantasse com alguma outra virgem que, em algum outro lugar, entre lírios e anjos, estivesse coroando Nossa Senhora.

Tive muito medo. E se a virgem de lá tivesse os olhos, o nariz, a boca e os cabelos da Elizabeth Taylor?

Tornei a pedir baixinho:

— Enquanto meu amor não vem, que ele não seja como meu pai. Que ele enxergue outras virgens além da Elizabeth Taylor.

Ele me enxergou. Naquela noite do sonho, quando chegou voando, ele me enxergou:

— Tenho te procurado tanto, há tanto tempo — ele diz.

— Moro tão longe assim?

— Você mora perto e longe.

— Não entendo.

— Vou te explicar.

A voz dele é mais bonita que a do James Dean. Deve ser por causa do inglês, da falta do inglês. Ele fala como um professor de Matemática lá da escola, "vou te explicar". Tranquilo, nem um pouco taciturno.

Enquanto meu amor que não vem vai explicando, percebo seus olhos cor de mel. Repete que moro perto e longe, repito que não entendo.

— Você mora perto do cinema, não mora? — ele pergunta.

— Moro.

— É longe de mim, não é?

— Como é que vou saber, se não tenho nem ideia de onde você está vindo?

Ele diz que vem das nuvens, dos ventos. Do fim e do princípio do mundo. Diz que enfrentou furacões, tormentas. Que bebeu água salgada nos mares do norte ou do sul, não se lembra mais. Que dividiu o mel com as abelhas, e se lambuzou. Ouviu música de órgão, cantou

"com minha mãe estarei" — em que palanque rendado terá sido?

— Você só se lembra das coisas assim, pela metade? — pergunto, me assentando num banco de cimento com o nome de uma das famílias importantes da cidade. Ele se assenta também, lendo o nome do prefeito no banco ao lado.

— Se eu fosse prefeito, você se casava comigo? — pergunta, me olhando fundo.

— Se eu me casasse com você, você seria prefeito? — devolvo a pergunta e o olhar.

— Se eu fosse rei, você me coroava numa noite de maio? — Ele vai ficando mais perto, no banco.

— E se eu coroasse? Você virava rei?

— Se o James Dean aparecesse aqui, agora, você olharia pra ele ou pra mim? — O braço dele abraça meus ombros, devagar.

— E se eu olhasse para os dois? — Meus ombros se deixam abraçar, devagar.

Meu amor fica calado, taciturno. Lendo o nome do prefeito e a data, ao lado. Crispim da Gaita, 1958.

Fazemos as contas. Se hoje é dia 4 de abril de 1961, os bancos que inauguraram a praça estão fazendo três anos.

— Crispim da Gaita? Isso é nome de prefeito? — Meu amor volta a conversar.

— Tenho um primo que se chama Zé da Marcação. Isso é nome de primo? — respondo, perguntando.

Rimos, os dois. E nos chegamos. Ele brinca em meu rosto, deslizando o dedo pela minha testa, nariz, lábios, queixo.

— Pena você morar tão longe de mim — diz.

— De onde você vem? — insisto.

— Isso não tem importância. O que nos distancia não é o espaço, é o tempo. Cheguei atrasado, não cheguei?

Deslizo o dedo pelo rosto dele, da testa ao queixo, sem nenhuma pressa.

Ele continua:

— Vim voando, mas ele chegou primeiro, o James Dean. Não é de hoje que ele anda por aqui, rondando. Igualzinho ao Rock Hudson e à Doris Day. Às vezes, sinto que vivo, de verdade, aquelas *Vidas amargas* que ele viveu de mentira, na tela do cinema. O filme é dele, mas a amargura é minha. Amargura de ter chegado atrasado, sem remédio.

— E se você tivesse voado mais rápido? — brinco.

— Mais rápido que o cinema? Num dia só, o James Dean está nas salas do Canadá, do Chile e da França. Não tenho como ganhar esse jogo desigual. Por isso te disse que, por mais que eu corra, a porta do cinema fica ali na esquina. Por isso te disse que você mora perto e longe. Perto dele, longe de mim. Por isso você olha pra ele e pra mim.

— Se eu olhasse só pra você, você olhava só pra mim? — pergunto, baixinho.

Ele responde "juro", e desliza as mãos firmes e trêmulas por meu corpo.

Pergunto o que ele faria se a Elizabeth Taylor aparecesse, como quem não quer nada, querendo tudo, ali do nosso lado.

Ele ri com vontade:

— No banco do prefeito? Ótimo. Elizabeth Taylor e Crispim da Gaita. Você não acha que combina?

— E o James Dean? Se ela ficar com o prefeito, ele vai sobrar no cinema e na vida? Vai ficar sem abraçar ninguém?

Ele ri de novo:

— Se o James Dean quiser, pode se vestir de anjo, subir no palanque e abraçar a santa. Cantar "com minha mãe estarei", tocar harpa. Ou, se preferir, banjo, à maneira texana. Chapéu de caubói ele já tem. Aquele de feltro, que ele puxava pra frente, escondendo os olhos, no filme dos poços de petróleo.

Fico falando assim, poços de petróleo, porque o nome do filme é grande demais, *Assim caminha a humanidade*. Tradução maluca, como diz nosso professor de Artes. Em inglês, era só *Giant*. Como é que uma única palavra pode virar quatro?

Como é que num único sonho, numa noite só, a gente pode fazer tantas perguntas? Pois foi o que mais fizemos, meu amor e eu. Uma noite inteira. Perguntamos quase tudo, respondemos quase nada. Resposta é coisa complicada, às vezes, impossível.

Impossível não perguntar o nome dele, o dia quase amanhecendo, a gente no banco de cimento, abraçados, eu quase acordando, ele quase indo como veio, voando, atravessando ventos e nuvens, o sonho se acabando.

— Francisco — ele diz.

— Francisco?

— Por causa do santo. Aquele dos passarinhos.

— Quem escolheu?

— Não sei, nunca me disseram. Não foi você?

Eu? A Teresa da divisa? A menina do lado de lá e do lado de cá? Verdade e mentira? A Teresa da tela e da plateia? Não, eu não. Nem com todos os cadernos da minha tia. Nem com os santos e santas do meu avô.

— Não entendo de nomes — respondo baixinho.

— E de amor? — Ele me abraça mais forte, precisando ir.

— Só daqueles que não vêm.

— Você entende de mim? — O olhar dele se despede.

— Você veio?

Me preparando para te encontrar

Isabel Vieira

Dias atrás, acho que a vi no aeroporto, mas não posso garantir que meus olhos fatigados, depois de um longo voo, não tenham me pregado uma peça. As circunstâncias não favoreceram nossa aproximação, embora eu tenha feito o impossível para chamar a sua atenção, acenando e batendo na espessa parede de vidro que separava nossos destinos de viajantes. Eu chegava, ela partia. Quem conhece o Aeroporto Internacional de São Paulo sabe que, ao desembarcar, percorre-se um longo corredor até a escada rolante que leva aos guichês da Polícia Federal, oficialmente a entrada no país. Esse corredor segue paralelo às salas de embarque, visíveis através do vidro. E foi dali que, no passo apressado dos que voltam a casa, vislumbrei, entre o burburinho de passageiros prestes a embarcar, a graciosa silhueta dentro de um *tailleur* bege, com a bolsa a tiracolo e os cabelos amarrados num rabo de cavalo com um lencinho. Daquela distância, seria mesmo difícil ela enxergar os meus gestos. Até porque sua expressão radiante se dirigia a um rapaz alto, em cujo braço ela se apoiava com familiaridade e com quem ria de alguma coisa que só para eles parecia ter sentido. Maria Clara saindo do país? Para onde? Com quem? Teria encontrado, enfim, o que queria? Ou a claridade precária da manhã e minha memória difusa me fizeram confundi-la com outra menina?

Maria Clara... Como poderia esquecê-la? Eu a conheci no verão dos meus quarenta anos, num desses lugares que a modernidade chama de "spa", misto de hotel de luxo e clínica para emagrecimento ou descanso, dependendo do motivo que leva a pessoa a desembolsar uma pequena fortuna para manter a boca fechada e o corpo em movimento. O meu motivo era dar uma trégua ao estresse de meses de trabalho, de modo que recebi com desagrado a notícia de que teria de dividir o quarto com uma adolescente de quinze anos. Mas não havia outra alternativa. Era a única acomodação disponível, e na recepção informaram que minha companheira já estava hospedada ali há uma semana.

Encontrei o apartamento vazio e arrumado. Por um instante, tive a esperança de que o serviço de reservas estivesse enganado e de que o teria só para mim. Mas logo a porta do banheiro se abriu, dando passagem a um pequeno vendaval com olhos de jabuticaba e cabelos indômitos, que ela tentava prender num coque no alto da cabeça.

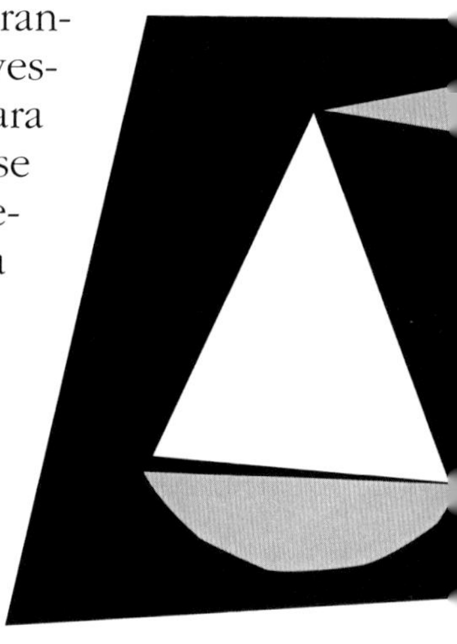

— Olá — cumprimentou, afobada, me ajudando a acomodar a mala, sem parar de escovar os dentes. — Estou me aprontando para o *show* de hoje à noite. Ah, o meu nome é Maria Clara, muito prazer.

Sobre a pia, um arsenal de cremes, perfumes e maquiagens, que ela depressa se pôs a empilhar num canto para dar espaço aos meus pertences. O corpo cheinho, mas bem proporcional, movia-se com faceirice felina dentro do vestido curto, que deixava à mostra as pernas roliças e morenas. Não era uma garota obesa, nem tinha idade para se sentir fisicamente esgotada, por isso tive curiosidade de saber o que estava fazendo ali.

— Me preparando para te encontrar — foi a resposta surpreendente.

— Encontrar quem? A mim? Desculpe, não entendi. Maria Clara abriu-se num riso cristalino, exibindo os dentes muito brancos.

— Não você, exatamente. Mas já que o acaso nos juntou neste quarto, quero dizer que não gosto dos finais das suas histórias. Sempre acabam mal. Você não acredita num grande amor?

— Ah, então você me conhece! Já leu os meus livros...

Ela confirmou com a cabeça. Senti uma pontinha de vaidade, não vou negar.

— Pois deve saber que tenho fé, sim, num grande amor.

— Não parece — disse Maria Clara, repetindo a queixa. — Você não dá chance aos seus personagens. Não escreve finais felizes para eles.

— Não são infelizes, apenas realistas — argumentei.

— Como não?! — ela apontou o dedo para o meu nariz, indignada. — A Jana sofreu tanto, engravidou com a minha idade, criou a filha sozinha, e você deixou o Ivan casar com outra! Por que não fez os dois ficarem juntos, por quê?

Eu já tinha ouvido essa pergunta muitas vezes. Respondi como sempre.

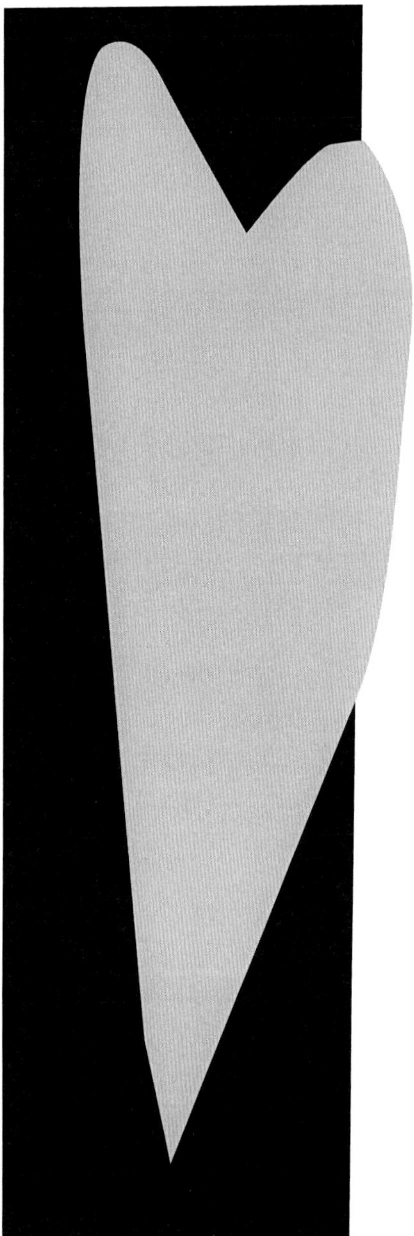

— A vida não é igual à novela das sete. No último capítulo tudo se ajeita, todo mundo encontra seu par. Acho que a Jana teve até muita sorte. Mais do que a maioria das meninas na situação dela no mundo real.

Maria Clara não pareceu convencida. Me olhou atravessado, enquanto lutava para prender o cabelo.

— É como eu imaginava: você não acredita no amor! Será que nesse tal mundo real você não conhece nenhum casal feliz, mas feliz mesmo, pela vida inteira?

Parei para pensar. Vasculhei na memória, repassando rostos de carne e osso da minha geração. Queria ser honesta na resposta.

— Bem... — contei nos dedos. — Conheço três. Da minha idade, quero dizer.

— Ah! — Maria Clara fez cara de deboche. — Os da sua idade casaram e descasaram vezes demais para

o meu gosto. Conheço o tipo. Meus pais, meus tios, os amigos deles... Vocês não deram certo no amor.

Fui obrigada a admitir que ela tinha uma certa razão. Gostaria de fazê-la entender, porém, que as coisas não eram tão simples. Que havia uma longa história por trás daquilo. Que tínhamos aberto caminhos impensáveis para a sua geração. Mas ela não me deu tempo de abrir a boca.

— Pois eu pretendo dar certo. Vou achar meu grande amor, casar uma única vez e ser feliz para sempre.

Ia provocá-la perguntando se "para sempre" não seria tempo demais, mas caí na risada.

— Um príncipe encantado, então?

— É, mas não precisa vir montado num cavalo branco. Pode ser numa moto. Ou, de preferência, num carro importado.

Estava pronta para sair. Bonita, redondinha e corada como um caqui maduro.

— Deixa a porta destrancada, que vou voltar tarde — avisou. — Prometo não fazer barulho para não te acordar.

— Espera aí! — detive-a. — Até agora você não me contou a quem se referia quando disse "me preparando para te encontrar".

Maria Clara sorriu de orelha a orelha, confiante.

— A ele, ora! Exatamente a ele, o meu grande amor!

— Está se preparando para encontrá-lo aqui, neste lugar? — estranhei.

— Claro que não — explicou ela, pacientemente. — Vim para emagrecer onze quilos, senão ele vai me odiar quando chegar. Sabe, tenho dado um baita azar com os garotos. E cada vez que me apaixono e não rola, detono todos os doces que vejo pela frente. Depois de O Americano e O Poeta, um em seguida do outro, virei uma baleia de 61 quilos. Já perdi três, faltam oito. Para um metro e sessenta que eu tenho, preciso pesar cinquenta. Por isso, fechei para balanço nestas férias. Pensei nele, onde quer que ele esteja, e batizei esta temporada de "Operação me preparando para te encontrar".

Nos dias seguintes, fui conhecendo a lista dos "falsos príncipes", como dizia Maria Clara, e o aprendizado que ela extraía dessas experiências. Em vez de chamá-los pelo nome, referia-se a eles por epítetos. O Vizinho tinha sido o primeiro. Entre os onze e os doze anos, amargara uma paixão impossível pelo estudante de engenharia da casa ao lado, dez anos mais velho e com namorada firme, mas que alimentava suas ilusões com conversinhas no portão e olhares cheios de promessas nas festinhas do bairro. Ela estava certa de que aquele era "o homem da sua vida".

— Só ele não sabia disso — concluiu.

Esqueceu-o quando começou a frequentar discotecas, onde despertou para o sexo, menos por prazer que pela pressão da turma. Como com doze anos era a única que nunca havia beijado, sucumbiu às cobranças. Mas O Primeiro Beijo tinha sido um fracasso, "sem mágica, mecânico e frio". Nem sabia quem era o menino que a abordou com um lacônico "Quer ficar comigo?". Depois desse ficou com vários, até namorar O Machista, "aquele tipo que não vem atrás". Trocou-o por O Grude, ciumento e possessivo, e também não gostou.

— Se o cara não está nem aí, a gente se sente um lixo. Se fica no pé, a gente não dá valor. A gente nunca está satisfeita — filosofou minha amiguinha.

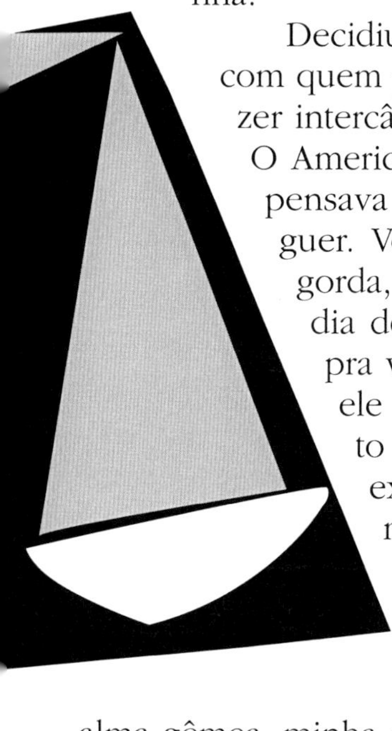

Decidiu então namorar O Melhor Amigo, com quem podia conversar de tudo. Mas foi fazer intercâmbio nos Estados Unidos e preferiu O Americano, até se dar conta de que ele só pensava em jogar basquete e comer hambúrguer. Voltou desiludida e sete quilos mais gorda, para sofrer o golpe de misericórdia de O Poeta. Dessa vez se apaixonou pra valer, ficou de quatro, e nem bonito ele era. Seduziu-a com versos e muito "papo cabeça", depois sumiu sem explicações. Deixou quatro quilos a mais.

— Nos intervalos, teve ainda O Surfista, O Mauricinho, O Heavy e O Caiçara — concluiu Maria Clara. — Nenhum deles era minha alma gêmea, minha cara metade. Onde está ela? Sabe, às vezes tenho um medo danado de que a gente nunca se cruze neste mundo maluco.

Em dias de muita fome, ficava pessimista. Não que todos os dias não fossem de fome — Maria Clara se submetia estoicamente à dieta de seiscentas calorias, a mais rigorosa entre as três disponíveis —, mas havia momentos no cardápio de uma tal privação, que eu sentia ganas de levá-la a um restaurante na cidade, pois temia que desmaiasse no meio dos exercícios.

— Ainda por cima, carrego esse nome horrível, que não tem nada a ver comigo. Sempre me gozaram. "Maria Escura", "Maria Gema", ouço desde o maternal.

— Não diga isso — refutei, enfática. — É um nome lindo, o seu. Eu tenho uma filha bem bonita chamada Maria Clara, sabia?

— Não, não sabia. Aposto que ela é loira de olhos verdes.

— Como é que você adivinhou?

— Todas as meninas bonitas são loiras de olhos verdes. São as únicas que deixam os carinhas babando. Como esta, olha aqui. — Estendeu-me a revista que estava lendo, mal-humorada. — Ganhou a promoção "A garota da capa". O tipo de concurso em que eu jamais vou poder entrar.

Era uma publicação voltada para adolescentes, como tantas outras. Eu nem precisava abri-la para saber seu conteúdo. Maria Clara disparou, deprimida:

— Além de loira, cabelos lisos e olhos verdes, sabe o que mais? Um metro e setenta e cinco de altura, 46 quilos, 82 de busto e 83 de quadril. Agora, pega a fita métrica e... Desencana, nem precisa. Basta olhar na minha cara pra dizer: que chance eu tenho de encontrar alguém que goste de mim?

Ouvir aquilo me fez o sangue subir à cabeça. Tive vontade de picar a revista em pedacinhos.

— Maria Clara, você é tão inteligente! Então para pra pensar antes de dizer tamanha bobagem! Quantas mulheres você conhece, *no mundo real*, com essas medidas, hein? Olha à sua volta. Na rua, na escola, no cinema. Você não sabe que esse é um padrão de beleza irreal, fabricado, que só serve pra enriquecer a indústria da moda e deixar milhões de meninas como você infelizes? Cuidar do corpo, vá lá, embora eu ache que você está exagerando nesse regime. Mas dizer que tem de ser uma *top model* para ser gostada! Você pensa mesmo que é uma *Barbie* o que os garotos procuram? Beleza não é isso, menina.

Ela me encarou, emburrada. Depois, no tom de quem devolve uma lição que aprendeu de cor e salteado, despejou com ironia:

— Já sei, estou sabendo... Beleza vem de dentro! Alto astral, personalidade, simpatia, tudo conta pontos, blá-blá-blá... Falar é fácil! — Abriu a revista numa página em que vários meninos davam sua receita da garota irresistível e chacoalhou-a no meu nariz. — Vai ver na prática, vai! Entre uma alta, loira, de olhos verdes, e uma baixinha, gordinha, morena, de cabelo armado, adivinha com quem eles ficam!

Argumentei que garotos que só se ligavam nas aparências eram uns tontos e que ela tampouco haveria de querê-los, portanto, nem valia a pena sofrer. Mas minha amiguinha estava mesmo inconsolável nesse dia.

— "Magnética", é o que diz aqui que a gente tem de ser. Como é que se faz para ser "magnética"? Eu queria tanto aprender!

— Mas você *já é* magnética, Maria Clara, garanto — disse, com sinceridade, mas sei que não a convenci. — Só você mesma não enxerga isso.

Na semana seguinte, a fome apertou e ela começou a dar umas escapadas com outros hóspedes até a cidade, a dois quilômetros dali. Voltava com pacotes de bolacha, que escondia pelo quarto, e novos exemplares dos "oráculos de chocolate", como chamava os pensamentos impressos no celofane que envolvia os bombons que ela vinha devorando no caminho.

No dia em que eu arrumava a mala para partir, Maria Clara ficou rondando por perto, cabisbaixa, brincando com os papeizinhos. Não resisti a dar-lhe uns conselhos, sugerindo que alargasse seus horizontes para além de namoros e dietas; que pensasse nos estudos, em viagens, em descobrir atividades que lhe dessem prazer, em aproveitar a vida, enfim. Mas era outro o assunto que ela havia reservado para a nossa despedida.

— Sabe, andei tendo umas ideias depois que li isto aqui. — Ela se pôs a andar pelo quarto, enquanto repetia em voz alta o conteúdo de um dos bilhetinhos. — "Apaixonar-se é encontrar a própria imagem refletida no outro. A cada nova paixão descobres uma parte desconhecida de ti."

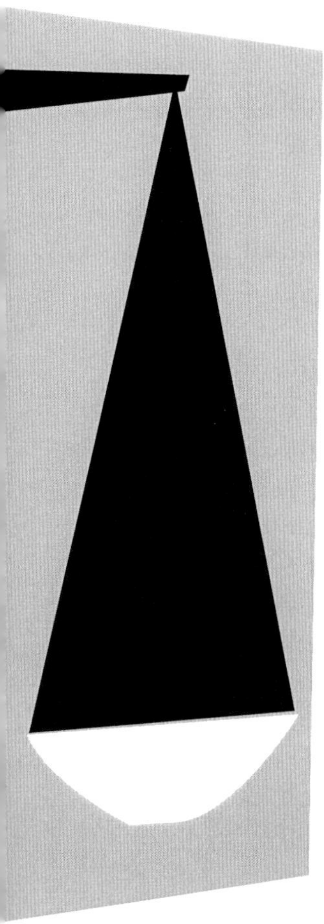

Fiquei esperando. Maria Clara parou e se observou longamente no espelho que havia sobre a cômoda.

— Acho que é verdade. Eu já senti isso, pelo menos com alguns. O Melhor Amigo, O Poeta. Quando estava com eles, *eu me via* nos olhos deles de outro jeito, mais bonita, mais inteligente, mais legal, sei lá... Gostava *do que eles viam em mim*... E aprendi algumas coisas sobre *quem eu sou*, que antes não sabia. Por exemplo: com O Poeta, descobri que gosto de poesia. Com O Surfista, que *não gosto* de surfar. Com O Americano, tive a certeza de que adoro hambúrgueres — piscou, marota. — E agora... — Fez uma pausa, olhando de lado.

— E agora... — Eu acompanhava seu raciocínio com grande prazer.

— Bem, conheci o Joel na cidade, outro dia. É o cara do *trailer* do pão de batata, sabe qual é? Aquele recheado com catupiri derretido. Huum... Não resisti.

— Ao Joel ou ao pão de batata? Ela abriu seu lindo sorriso de dentes brancos.

— A nenhum dos dois... O Joel é tão mais esperto que esses babacas! Trabalha pra pagar o cursinho, vai fazer vestibular. Ele não me acha gorda, não é incrível? É, pensando bem, talvez eu não esteja tão mal... — Maria Clara se afastava e se aproximava do espelho, ora de frente, ora de perfil.

— Que bom que você descobriu!

— O problema é que... — suspirou. — Sei que ele também não é meu príncipe. Então, para que investir?

— Como é que você pode saber, se mal o conhece ainda? Príncipe encantado vem com estrela na testa e selo de garantia?

— Não é isso... — riu Maria Clara.

— Já sei, ele não tem moto nem carro importado.

— É, e também não senti aquela mágica, aquele *tchans*, entende? Só achei que ele é um cara legal.

— Menina, escuta aqui...

Tive vontade de colocá-la no colo e falar-lhe longamente. Dizer-lhe que no amor não existem regras rígidas, que a mágica desse sentimento pode se repetir de infinitas formas ao longo da vida, duas, três, dez, muitas vezes, e cada uma diferente e única. Que a paixão é, por natureza, efêmera, e que o "felizes para sempre" que ela buscava tem menos a ver com *tchans* que com afinidades nos valores básicos e nas miudezas do dia a dia. Mas ela só tinha quinze anos e uma existência inteira para descobrir isso por si mesma, de modo que preferi ser mais prática e sucinta.

— ... talvez seja um bom começo. Que tal experimentar?

— Então você acha que eu devo...

— Deixar rolar? Lógico... — me apropriei do seu vocabulário para ser melhor entendida. — Na pior das hipóteses, daqui a algum tempo o Joel será O Pão de Batata da sua lista de falsos príncipes e você terá mais uma história para contar.

Seis meses mais tarde, Maria Clara me escreveu uma cartinha simpática, contando que o romance com O Pão de Batata não vingara "por motivos geográficos". Moravam longe demais um do outro, mas haviam se tornado bons amigos. O saldo positivo era que, com ele, tinha descoberto que havia quem gostasse de gordinhas e "desencanado" de ter medidas perfeitas. Trocamos correspondência durante uns dois anos, e assim eu soube também de O Ecologista, O Dançarino, O Fazendeiro e O Carro Importado. "Que decepção! Só tinha o carro e mais nada na cabeça. Assim também não dá!"

Na formatura do colegial, mandou convite. Estava afundada nos livros, estudando para o vestibular. Maria Clara sempre me surpreende: escolheu Serviço Social. Encontrei-a um ano depois, por acaso, num *shopping* de São Paulo. Tinha vindo com uma amiga da sua cidade e estava empolgada porque era a primeira vez que dirigia o carro na estrada. Nos abraçamos com carinho e tomamos um lanche juntas. Também era a primeira vez, contou, que passava um longo período sem namorado.

— "Me preparando para te encontrar", então! — brinquei, apontando para o estoque de roupas que ela acabara de comprar. Continuava cheinha de corpo, mas algo na sua expressão e nos gestos havia se suavizado e afinado. Agora eu estava diante de uma jovem mulher.

— Que nada! — Maria Clara me brindou com a sua cintilante risada. — Cansei de procurar meu príncipe, agora estou a fim é de conseguir um estágio. Primeiro aqui, no Brasil; e depois de me formar, fora, quem sabe. Lembra dos oráculos de chocolate? Tinha um assim: "O verdadeiro amor surge numa curva da estrada, quando menos se espera. É sorte, não adianta procurar". Talvez seja verdade.

Não, não poderia ser Maria Clara a garota que vi de longe, dias atrás, no aeroporto em São Paulo. Nos perdemos de vista depois daquele encontro — ambas mudamos de endereço na mesma época —, mas calculo que ela esteja hoje com vinte anos e ainda nem tenha terminado a faculdade. Além do mais, ela vive em outro estado. Pensando bem, a menina do aeroporto parecia um pouco mais magra, mais alta e mais velha. Estava em lua de mel, certamente. E, se Maria Clara tivesse casado, não duvido nem um minuto de que ela teria movido céus e terras para me localizar.

Mesmo assim, meu coração não me engana. No fundo, *sinto*, sei que era ela. Quase posso ouvi-la dizer, com um brilho especial nos olhos de jabuticaba, que esbarrou com A Alma Gêmea totalmente por acaso, no balcão da cantina ou no corredor da universidade. Que se reconheceram no ato; aliás, já tinham *quase* se cruzado antes, outras vezes — possuíam amigos comuns ou passavam férias nos mesmos lugares. Que se confessaram prontos para iniciar a longa aventura da vida a dois, com todas as alegrias e percalços da viagem. Que tinham se casado na véspera, depois da formatura — eu me enganara nas datas — e agora partiam para algum lugar ao sol.

Sinto, *sei* que é verdade. A verdade que desejo para Maria Clara de todo o coração. Assim, esteja onde estiver, se um dia lhe cair às mãos este texto, ela saberá que amo meus personagens e vivo à procura dos melhores finais para suas histórias.

Olhos de amoras

Luiz Galdino

Eu tinha só onze anos e era um sujeitinho desenxavido, que passava os dias bolindo nos ninhos de passarinhos, guerreando com as saúvas ou pasmado no mutismo das vacas. Apesar disso, jamais vou esquecer. O que aconteceu naquele dia mudou minha vida.

Enquanto bombardeava as formigas, nem me passava pela cabeça que ia conhecer o amor. Aliás, conhecer não é bem o termo, pois foi a primeira vez que a vi. Naquele dia de terra molhada e cheiro de chuva, Amanda entrou na minha vida pra nunca mais sair.

Alzira me seguia dois ou três passos atrás, e eu escutava suas sandálias gastas coaxando como sapo. Então distingui, um pouco, mais distante, o claque-claque das ferraduras batendo contra as pedras da estrada. E assisti, assim que me voltei, à cena inesperada.

Espirrando água das poças, vinha uma charrete antiga, de varão no centro, puxada por dois cavalos. Sentadas no banco, sobre os feixes de molas, vinham uma senhora e uma garotinha. A mãe sustentava as rédeas com ambas as mãos, como se temesse perder o controle dos animais. E a menina, pouco à vontade sobre o pelego de carneiro, segurava um guarda-chuva vistoso, tentando proteger-se do sol.

Quando a charrete passou, senti um cheiro gostoso. Cheiro de sabonete e de banho. Isso, porém, eu só percebi depois. No instante em que ela passou e me encarou, fiquei tonto. Igualzinho a beija-flor no primeiro voo.

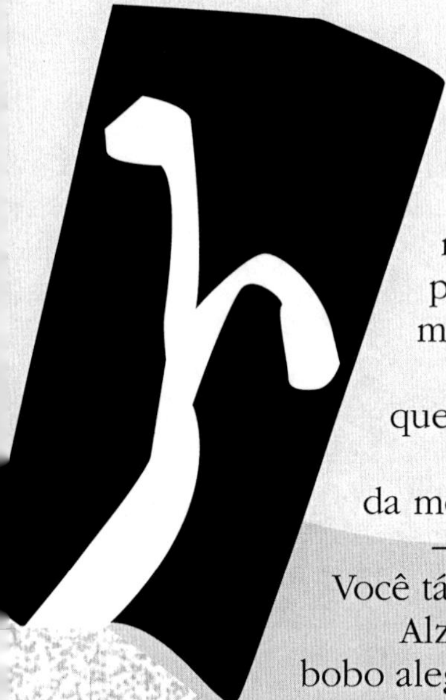

O motivo... Ah, eram pelo menos três: as bochechas de pitangas, os lábios de romã e os olhos de amoras maduras.

Fiquei me sentindo no ar. Virei-me, então, na direção de Alzira, procurando ajuda. Ela, porém, resmungava em sinal de desaprovação:

— Quanta soberba! Até parece que tem o rei na barriga!

— De que você tá falando, Alzira? É da moça da charrete?

— Ara, menino, eu não falei nada. Você tá escutando demais!

Alzira vivia dizendo que eu era um bobo alegre. E eu pensei comigo que, se era, fiquei ainda mais. Tanto que, ao contrário do costume, quando ela passou pra dentro da porteira e me chamou contrariada, eu obedeci sem um resmungo. E fui atrás como um bezerro abandonado.

Durante um tempo, executei tudo o que ela ditava, embora na cabeça só tivesse um pensamento. Melhor dizendo, uma interrogação: quem era aquela menina, surgida como um milagre diante da minha vista? Depois que a charrete passou, o chão de pedra e barro ficou coberto de flor de paineira. E eu era capaz de jurar: antes, o chão estava limpo e feio, sem graça nenhuma.

Demorei, mas despertei do sonho. Se Alzira pensava que ia comer a língua pra esconder as palavras, enganava-se. Encontrei-a junto à tábua de bater roupa, na beira do ribeirão. Observei até me cansar do seu jeito sonso. Então, interroguei:

— Alzira, quem é aquela menina?

— Menina? Que menina? — indagou ela, atrapalhada. E acrescentou: — Não tá vendo que eu tô ocupada, não?

Fiz de conta que nem era comigo:

— A menina da charrete... Aquela com a mãe...

— E eu é que vou saber? Não arredo pé da fazenda nem pra festa! Deve morar lá detrás da serra... Onde Judas perdeu as botas.

Levantei a vista para a imensa massa verde-azulada, que ameaçava tocar as nuvens, e senti o coração acelerar. Lembrei-me de Emília, pilando farinha pra fazer paçoca. E, de repente, a inexplicável atração que sempre sentira pela Mantiqueira ganhava uma explicação plausível: era ali que vivia a menina dona do meu coração.

Arrisquei o único nome que me ocorreu:

— Alzira, você está falando da fazenda Tanque de Pedra?

— Não amola, menino. Eu não sei de nada.

Pela resposta, desconfiei que tinha acertado. E dei corda:

— E o nome dela, como é?

Sem deixar a lida com a roupa, respondeu, sonsa, sonsa:

— Ora, é Tanque de Pedra, não sabe, não? Fica longe pra danar.

Senti vontade de empurrar a mulher, que se equilibrava de cócoras, pra dentro da água, mas me contive. E perguntei, quase educado:

— Alzira, diga o nome da menina... Se sabe onde mora, deve saber também o nome dela.

A negra ainda me olhou de lado, como se procurasse por algum subterfúgio. Se procurava, desistiu, porque acabou revelando:

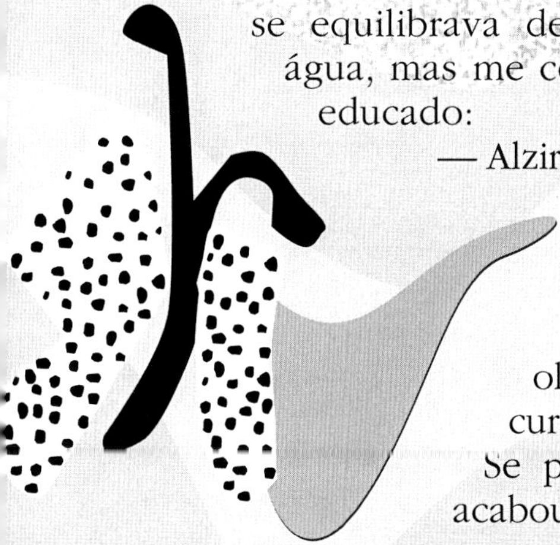

— Se tava junto de dona Maria Isabel, deve ser a Mandinha, ora.

— Mandinha? — repeti, sem conseguir disfarçar a decepção.

— É um nome como qualquer outro.

— Tá na cara que é apelido. O nome deve ser Amanda.

Falei e percebi que Alzira me olhava intrigada. Eu não entendi por quê; ela se levantou, estralando as juntas, e aconselhou:

— Rafael, não sei o que você viu naquela menina... Mas se fosse você, esquecia ela. Seu pai não há de gostar nadinha dessa história.

Levantei a voz, o galo no terreiro até estranhou.

— Não havia de gostar por quê? Ele nem sabe que ela existe! Aliás, nunca ouvi ele falar de ninguém lá do Tanque!

— Deve ter suas razões.

— Que razões? — insisti, aproximando-me.

Alzira pegou a bacia de roupa, botou na cabeça e se pôs a andar.

— E eu sei? — perguntou ela, a caminho. — O que sei é que borboleta nasceu pra borboletear e nego nasceu pra trabalhar.

Enquanto admirava o voo da borboleta que inspirara o comentário, Alzira desapareceu da minha vista.

A conversa com Alzira só aumentara minha ansiedade. Primeiro, ouvira seus resmungos. Depois, ela saíra com a história de que meu pai não ia gostar. O que é que meu pai poderia ter contra Amanda? E pra completar, Emília desmentira a companheira, ao me revelar que a fazenda Tanque de Pedra ficava pertinho, logo na virada da serra.

— A pé, gasta pouco mais de hora.

Sentindo firmeza nas palavras de Emília, mudei de ideia. Eu havia pensado em esperar pela volta de meus pais, mas, diante da nova informação, decidi pegar a estrada logo cedo. À noite, quando Alzira saiu no terreiro pra pitar no pito de barro, apeguei-me com a outra:

— Emília... Nessa estrada que vai pra serra tem onça?

— Xiii... Nem pra remédio!

— Nenhuma, nenhuminha?

— Nenhumíssima! O que tem é lobisomem, mas precisa ser sexta-feira de lua cheia, à meia-noite.

Ao contrário de Alzira, negra retinta, alta, espigada, nervosa e carapinha branca, Emília era uma negra achocolatada, bonachona e sorridente. Quando me preparava pra sair, ela perguntou, desconfiada:

— Menino, por que tanta pergunta, hein?

— Por nada. Bestagem.

Emília ralhou e, rebolando as ancas cansadas, tornou ao fogão, onde a esperavam um tacho de doce e uma colher de pau.

Manhã seguinte, tomei café com bolo, mandioca, melado e saí. Na cozinha, Emília ficou imaginando que eu cabritava atrás de Alzira. E no rio, Alzira deve ter levantado as mãos aos céus, imaginando que eu azucrinava a vida da companheira. Vesti bermuda e camiseta passadas, botei tênis de passeio e boné contra sol. Passei a mão no canivete suíço, enchi um saquinho com amoras frescas e parti.

Eu caminhava rápido, com receio de que dessem pela minha falta ou que encontrasse algum conhecido a caminho. Porém, não era fácil vencer a serra, que teimava em subir após cada curva. Depois da terceira ou quarta volta, avistei, enfim, a entrada da fazenda. Entre as duas pilastras de alvenaria, seguia o caminho descuidado até a porta.

Parei na entrada, tentando me lembrar das palavras ensaiadas, quando Amanda apareceu no alpendre da casa. Vinha do lado do mato, onde cresciam uns crisântemos. O vestido longo e florido combinava com as plantas. Não é que uma borboleta azul assentou nos seus cabelos?

Assim que me viu, ela mudou de rumo e veio em minha direção. Eu observei seu rosto muito branco e os cabelos muito negros. De resto, tudo conferia com a primeira impressão. A não ser que era mais bonita. Eu estava paralisado, ela apontou e interrogou:

— O que é isso?

Eu olhei para o bolso da bermuda e vi a mancha das amoras. Tirei o saquinho, mas não tive coragem de oferecer. Ela olhou com pouco caso para as frutas e retornou à roupa:

— Essa mancha não vai sair... Sua mãe vai ficar muito brava.

Era bem provável que ela tivesse razão, mas eu não estava ali pra falar da minha mãe.

— Eu moro no Quilombo... Você passou lá, ontem...

— Quilombo? Que nome engraçado! Por que chama Quilombo?

Ela perguntou e fixou aqueles olhos negros em mim. Então me dei conta de que jamais me ocorrera perguntar. Alzira comentara qualquer coisa... Seria sobre escravos? Por que não prestei atenção?

— Eu não sei se tem algum motivo especial... Esta fazenda... Por que se chama Tanque de Pedra?

— Porque tem um tanque de pedra atrás da casa, ora! Quer ver?

Sem esperar pela minha resposta, ela me virou as costas e se pôs a caminho. Enquanto dava a volta pela casa, percebi que era uma construção antiga. As janelas eram de madeira rústica pintadas de azul, ao contrário das nossas, todas envidraçadas.

— Aí está o tanque... Viu? Quando faz calor, tomo banho aí.

— Toma banho aí? — reagi, como se ouvisse um absurdo. Era apenas despeito; reconsiderei: — Hoje tá calor...

Amanda me encarou e perguntou com os olhos brilhando:

— Quer entrar na água?

— Eu... Eu não trouxe roupa de banho — respondi, decepcionado.

— A gente pode sentar na pedra e refrescar as pernas. Você quer?

— Quero.

Era uma pedra chata. Tiramos os calçados, puxamos as roupas até a altura dos joelhos e sentamos. Começamos a bater as pernas na água e logo nossas roupas estavam ensopadas. Só então me ocorreu:

— O seu nome é Amanda, não é?

— É. Mas todo mundo me chama de Amandinha. Minha mãe, minha avó...

— O meu é Rafael.

Amanda ameaçou dizer algo, mas sua voz ficou no ar. Eu me voltei pra ver, e o motivo estava de pé, junto à quina da casa.

— Amandinha, seu vestido novo! O que você faz aí nesse tanque sujo?

Mortificada diante da cena, a mãe demorou a se dar conta da minha presença. Ao se aperceber, levou um susto:

— Esse menino... Quem é ele? Ele magoou você, minha filha?

— Não, mamãe, o Rafael é meu amigo. Ele veio nos visitar.

— É sim, dona Maria Isabel... Eu... Eu moro no Quilombo...

Nesse instante, dona Olímpia botou a cara na porta da cozinha. A filha dirigiu-lhe uma olhadela e voltou-se na minha direção:

— Seus pais sabem que você está aqui?

— Não, senhora. Eles... Eles estão na cidade.

— Eu... Eu devia fazê-lo voltar a pé pra casa.

— Deixe disso, Maria Isabel — interveio a velha, aproximando-se. — Pegue o carro e vá levar o menino até a porteira da fazenda.

— Eu vou junto — avisou a filha.

— Vai nada! Você vai tomar banho e trocar de roupa!

— Rafael, nunca mais faça isso! Está me ouvindo?

Ao mesmo tempo que mamãe tentava conter meu pai, Alzira e Emília enlaçavam meu pescoço, protegendo-me. Minha voz quase não saiu:

— Estou.

— Nunca mais bote os pés naquela casa! Entendeu?

— Entendi.

Eu fiquei pensando com meus botões: por que a gente vivia visitando a família de seu Mamede e não visitava nunca os parentes da Amanda, que também eram vizinhos? Pensei, porém não questionei. Mamãe ouvira tudo em silêncio, sinal de que por trás daquela fumaça tinha fogo. E dona Maria Isabel agira de modo tão ríspido como meu pai. Seu rosto mudara ao saber quem eu era. E eu continuava sem conhecer o motivo de tanta contrariedade. Mas não seria por muito tempo.

Dia seguinte, assim que meu pai saiu pra cidade, iniciei o interrogatório. Minha mãe escorregou como um peixe vivo:

— Se o seu pai não disse o motivo, não sou eu que vou contrariar. Talvez ainda não seja a hora... Quem sabe mais tarde...

Alzira beijou os dedos em cruz, jurou de pés juntos que não sabia de nada. E a Emília, pelo menos, não tentou me tapear:

— Esqueça essa história, menino. Se a sua mãe não contou e a Alzira também não, você acha que eu vou abrir o meu bico?

Ah, era assim? Pois eu pagaria na mesma moeda. Pensei e pus em prática. Se meu pai vinha falar de futebol, retirava-me alegando lições por fazer. Minha mãe ligava a televisão, eu pegava um livro e ia pro quarto. Alzira apontava as estrelas cadentes, eu olhava a lua. E quando Emília me trazia doces, eu morria de dor de barriga.

No início, eles fizeram de conta que não se importavam com minhas chantagens. Mas se nem eu mesmo me aguentava de tão chato, como eles iam suportar? No prazo de três dias, minha mãe pediu trégua.

— Rafael, o que vou lhe contar deve ficar entre nós... Não comente nada fora de casa.

— Pode deixar.

— Bom... A verdade é que o pessoal aqui do Quilombo e a gente lá do Tanque não se dão bem por uma bobagem... — ela falou e corrigiu, em seguida: — Quer dizer, não é bem uma bobagem... É uma coisa antiga que vem desde o tempo do seu avô.

Eu imaginei logo uma briga por causa de terras. Afinal, as fazendas eram vizinhas, tinham divisas em comum.

— O vovô Antônio brigou com os parentes da Amanda?

Mamãe esticou um pouquinho o intervalo e me surpreendeu:

— Pelo contrário... Seu avô se apaixonou pela dona Olímpia.

— A avó da Amanda? — indaguei, admirado.

— Pois é... Dizem que os dois estavam apaixonados, mas o pai dela não quis saber de casamento.

Senti uma emoção estranha, sufocando-me o peito.

— Por que o pai dela não deixou eles se casarem?

— Os pais dela eram ricos, poderosos... Possuíam muitas fazendas de café... O avô de dona Olímpia era barão...

— E o vovô Antônio era pobre?

— O vovô era um imigrante, tinha acabado de chegar da Itália. A única coisa que tinha era muita vontade de trabalhar.

Eu pensava na ironia que o destino me aprontara, mamãe prosseguiu:

— Mal podia aquele homem imaginar que seu avô ficaria rico, enquanto as terras dele seriam vendidas pra pagar dívidas.

Antes que as lágrimas me rolassem pelo rosto, corri para o meu dormitório. Tinha a impressão de que toda a Mantiqueira havia caído sobre o meu peito. No íntimo, porém, alimentava uma certeza:

— Meu avô não se casou com dona Olímpia, mas eu vou me casar com a Amanda! Custe o que custar!

Quatro anos depois, eu já não sentia tanta firmeza. Amanda continuava na capital e nem nas férias dava as caras. A única vez que estivera no Tanque, eu passava férias com uma tia, no Rio de Janeiro. Enfim, ela havia se transformado numa lembrança, quando tudo recomeçou.

Estava me sentindo a pessoa mais feliz do mundo, pois me classificara para as provas de montaria, no grande rodeio do dia seguinte. Seria o único concorrente da cidade, na categoria juvenil. Deixamos a arena e fomos pra lanchonete do clube tomar um refrigerante e falar da emoção que eu sentia. João Antônio e Tiago eram meus melhores amigos. Sentamos, fizemos os pedidos e elas entraram.

As garotas ocuparam a primeira mesa, talvez pra aproveitar o resto de sol. Três delas eram colegas nossas e balançaram as mãos na nossa direção. Porém, foi a outra que despertou minha atenção, porque era, sem dúvida, a mais bonita. O conjunto de *short* e camiseta punha à mostra um bonito corpo, mas eram os cabelos e os olhos que marcavam de fato.

Quando ela se virou pra nossa mesa e riu descontraída, tive a impressão de conhecê-la. Seria uma das garotas de fora que frequentavam nossos bailinhos?

— Que gata, hein, Rafa?

— Deve ser de fora... — falei por falar.

— É e não é...

A garota atirou os cabelos para trás, num gesto de pura graça. E riu na minha direção.

— Você não tá reconhecendo, não, Rafa? — perguntou João Antônio. — É a sua vizinha... A Amandinha.

— Amanda? Não acredito!

Eu tentava descobrir a menininha que eu havia conhecido naquela bela garota, quando elas se levantaram ao mesmo tempo e vieram em nossa direção. Renata chegou e perguntou, já puxando a cadeira vaga:

— Podemos sentar?

Amanda, Vanessa e Fabíola puxaram cada uma suas próprias cadeiras, e eu fui dominado por aquela sensação antiga, mistura de encanto e constrangimento. Então, ela me encarou e falou:

— Parabéns! Fiquei sabendo que é o peão mais famoso da cidade.

— Ah, obrigado. É exagero. Vou montar pela primeira vez.

— Amanda, você acredita que o Rafa não tinha te reconhecido?

Senti vontade de estrangular o Tiago, ele não precisava ter contado. Nervoso, encabulado, gaguejei:

— É que... Bom... Faz tempo que a gente não se vê...

— É mesmo. Quanto tempo faz?

— Quatro anos. Um pouco mais, talvez.

— Você não mudou nada. Reconheci assim que entrei.

Àquelas alturas, as linhas já haviam se cruzado e todos falavam de tudo. Escola, profissão, vida no interior, a confusão na cidade grande. Ao se abrir o intervalo, Amanda voltou a rir.

— De que você está rindo? — perguntei, meio acanhado.

— Estava me lembrando do dia que você apareceu lá na fazenda... Você tinha tomado sol, estava suado, vermelho... E as amoras amassadas no bolso? Ela riu de novo, ostentando os dentes regulares.

— Você acertou em cheio. Minha mãe ficou muito brava por causa das manchas na roupa... E você nem deu importância às amoras.

— Estava preocupada com minha mãe. Sabia que ela não ia aprovar.

Foi a minha vez de rir. Em seguida, comentei:

— Ela queria que eu descesse a serra a pé, sem ao menos descansar. Lembra? Foi sua avó quem mandou ela me levar de carro.

— Ela não falou aquilo a sério.

— Será que não? De qualquer modo, acho uma bobagem que nossos pais não se deem bem só por causa do namoro do vovô Antônio com sua avó.

Falei aquilo sem nenhuma intenção oculta, como se fosse a coisa mais natural do mundo. Amanda estranhou, ficou me olhando uma eternidade. Por fim, caiu em si e retomou o diálogo:

— Deixa eu ver se entendi... Você disse que essa rixa entre nossas famílias é por causa de um namoro entre a vovó Olímpia e o seu avô... Como é mesmo o nome dele?

— Chamava Antônio... Como meu pai.

Amanda riu a valer, chamando a atenção dos demais para a conversa até então reservada. Por fim, controlou-se e perguntou:

— De onde você tirou essa ideia maluca, Rafael?

— Quem contou foi minha mãe. O pai de dona Olímpia não permitiu que eles se casassem porque o vovô não possuía nada.

— Isso pra mim é novidade. Nunca ouvi falar. Como a garota risse, mostrando-se incrédula, indaguei:

— Diga, então... Por que as nossas famílias não se falam, hein?

— O que minha mãe conta é que o avô dela caiu doente e a situação ficou muito ruim porque, de repente, o café não valia mais nada. Então, seu avô foi lá na fazenda e, sem nenhum respeito pela doença e pela situação da família, mandou botar preço na propriedade... Pedisse o que quisesse que ele comprava...

Eu senti o rosto pegar fogo e retruquei:

— Meu avô não seria capaz disso!

— Seria e foi. O meu bisavô ficou bravo e respondeu que vendia a fazenda pra qualquer um, menos pra ele.

Enquanto Amanda falava, percebi que a discussão enveredava por um caminho perigoso. A contragosto, resolvi atenuar:

— Amanda... Eu nem conheci meu avô... Será que não houve algum mal-entendido, não?

A garota reagiu com um muxoxo. A seguir, completou:

— Não sei, Rafael... Essa é a versão da minha mãe. Agora, sobre o namoro dos nossos avós, tá parecendo coisa de novela.

— Por que você não pergunta a dona Olímpia?

Amanda examinou-me demoradamente, enquanto nossos braços se tocavam de leve, apoiados na mesa. Então, prometeu:

— Vou falar com a vovó... Mas acho que ela vai levar um susto.

Após a promessa, passamos a dividir nossas atenções com os demais. Ela conseguia, eu disfarçava. No

íntimo, perguntava-me se dona Olímpia lhe contaria a verdade. Se o fato de Amanda conhecer a verdade mudaria sua relação comigo. Eu pensava e sentia o coração apertar. Na saída do clube, ela veio se despedir, pois pernoitaria na cidade.

— Rafael, foi bom ver você. Quem sabe, qualquer hora...

Como ela me oferecesse o rosto, eu beijei. Emocionei-me ao sentir a pele morna junto da orelha. E segurando suas mãos, cobrei:

— A gente precisa se encontrar pra saber o que sua avó disse.

— Poxa, Amandinha, você vai perder o rodeio? — indagou Renata. — A gente precisa prestigiar o Rafa.

— Legal! — respondeu ela, após um átimo de indecisão. — A gente se vê no rodeio.

— Combinado.

Eu me despedi e fui pra casa, sabendo que não dormiria. Aquela seria, com certeza, a noite mais longa da minha vida.

Foi bom te ver, James Dean

Jorge Miguel Marinho

No começo era...

I seek you ou Eu busco você

Enquanto vamos navegando pela Internet
nessa bela nave azul
em altíssima velocidade,
as mudanças acontecem incessantemente,
pois o tempo feito de bytes *e digitais,*
lento mas devagar e sempre,
como dizia o nosso Cazuza,
o tempo não para.

Pensa nisso um pouco e vê se não é assim sempre. O tempo, amigo, está se lixando se você corre ou fica brecado como Eu. Ele não para. Nunca, nunquinha.

É por isso que Eu curto demais ler essa poesia. Essa que você leu agora. O jeitão é de poesia, não acha? Uma palavra puxa a outra. Escorrega, se esfrega no papel, tudo vira uma turma. Uma confraria é melhor, gosto mais. Parece até que a minha medula óssea, que não anda lá essas coisas, entra em combustão. Sensações, meu camarada. Demais!

De repente, sei lá como, Eu sinto a Leda bem perto de mim. Principalmente quando Ela demora pra ligar. Ajuda a matar o tempo, entende? Já imaginou se Eu não pudesse..., matar não, assassinar o tempo? Ia ser muito pior nessa cadeira de rodas. Só quem fica sentado aqui percebe como um quarto pode ser tão parado, sem pressa. Sempre igual. Ainda bem que Eu consigo ler, e é a mesma coisa que fazer um rombo na parede. Trucido o tempo.

Depois foi Ela, a Leda, que copiou essa poesia de uma revista de informática. Me deu. Acho que é poesia mesmo. Bonito, não? Meio clichezão, mas comunica. E é isso o que interessa. A Leda é demais, pena que seja tão atrapalhada. Não anda nem fica quieta, não avança nem sai da casca, é um saco. Não cresce. Também, é isso que dá um cara mais velho como Eu se amarrar numa garota de dezessete anos.

Ela me cansa e Eu sou totalmente na dEla. Até quando Ela emperra e parece esse parafuso da minha cadeira. Enroscado, paralisado, absurdamente imóvel. Espanou, ficou só a metade. Não vai pra frente nem pra trás. Range, esganiça. É igualzinho a uma mula parafusada na terra. Essa estridência metálica me dá um arrepio nos dentes, me pinica a alma. Ele tem muito de mim, é a cara invocada e marruda da Leda.

Liga logo vai, Leda, e se manda daquele cara. James Dean é uma mentira, não teima.

Calma, Mário, espera!

Espero, é isso que Eu faço.

Se Eu quiser, eu sei tudo dEla. É só fechar os olhos. Agora mesmo Ela deve ter apertado mais uma vez a tecla *Enter* pra esse panaca que não dá nenhum sinal, faz tempo. E nem vai dar, Eu falo pra Ela. Não me escuta, não me enxerga. E foi sempre assim, desde o primeiro dia. É, é isso mesmo, meu amigo. Um James Dean que nunca apareceu vale mais do que um Mário motorizado com duas rodas. Pelo menos pra Ela.

Ela, Ela, Ela, que neura! Essa garota bateu fundo na minha paralisia. Quase que Eu capoto outra vez. E não vem não com essa que Ela é só uma amiga. A Leda tem uma Lolita (aquele personagem sacana do Nabokov) na boca sempre pedindo beijo. De longe. No outro dia mesmo ficou tentando fazer uma trancinha com os pelos do meu peito, igual criança. Sem pedir licença. Eu me senti um brinquedo gostoso, macio, um animal de estimação que esticava na mão dEla. Foi um choque na cervical. Entrei em alfa quando Ela cutucou com a unha essa minha cicatriz no pescoço. Engraçado é que na hora Eu tive uma

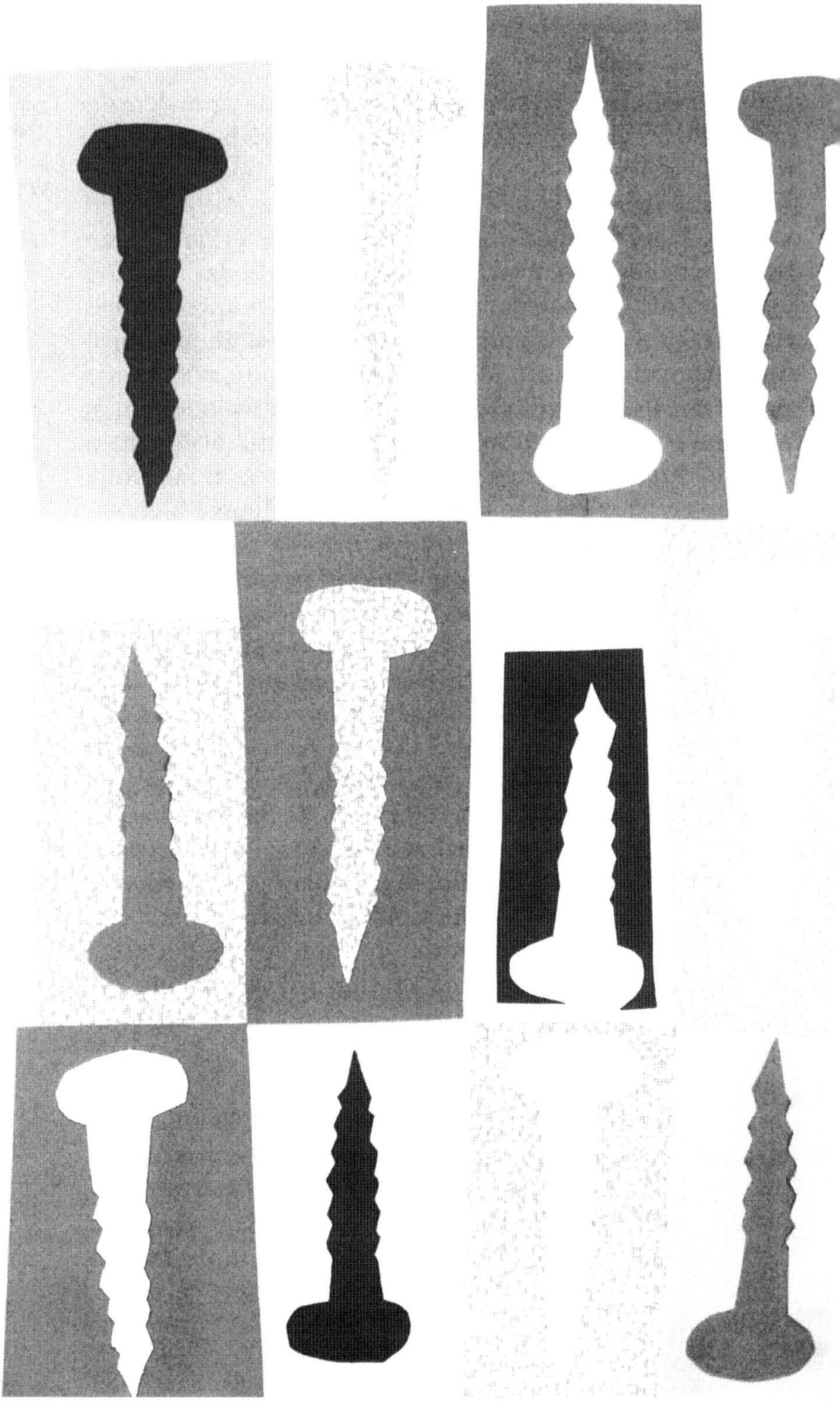

sensação maluca — no duro que Eu estava perdendo a virgindade pela segunda vez. Bom demais. Tirei da lembrança mais uma sonda, mais um litro de soro, mais um cateter. Isso mesmo. A Leda, sei lá como, faz Eu me soltar de mim. Chato que Ela me atiça e some, me deixa em ponto de bala sem apertar o gatilho. É como se Eu fosse saltar de paraquedas, chumbado nessa cadeira de rodas.

Não dá. Ou Eu saio dessa ou vou direto pro torneio de salto com varas nas próximas Olimpíadas. Te juro mesmo, o meu caso não é tão grave. Faço parte dos 3% de paraplégicos com sensibilidade nas pernas. Daí, que é mais fácil entrar num campeonato do que entrar no coração dEla. Pelo menos do meu jeito. Ainda mais com a fissura que Ela tem de ficar esperando esse tal de James Dean.

Leda, ledo engano pra mim. Pra Ela também.

Que mais Ela pode estar fazendo neste exato minuto? Provavelmente empurrou o *mouse* tipo agressiva, bravíssima. Desiste, enfim, de tentar por hoje um contato com o Jimmy. Na mesma hora fica indecisa, querendo e não querendo arriscar mais um comando interior. Alguma coisa que virasse mensagem — S.O.S. no monitor. Estica por dentro do *jeans* o elástico da calcinha, como faz sempre nos momentos de pânico. A Leda sofre de dúvida. Pra Ela, a concentração vem da cintura, e funciona.

O elástico solto machuca a pele com gosto, e a vida inteirinha fica vermelha. Vermelha também é a sua raiva estourando na cara olhuda. O coração, os dedos, o teclado ficam livres, e é hora de digitar aquela frase careta que Ela repete sempre pra ele. Nunca pra mim:

"A sua ausência ocupa todos os meus vazios. Responde, James Dean".

Superarrependida, mais insegura ainda, humilhadíssima, Ela não tem retorno. Fica na mão e isso me alegra. Fazer o quê? Não tem mensagem pra mim, que se dane a Leda. Tem mais é que deletar tudo. O computador negou entrada no *chatdoor*, vai projetar sempre na tela *Connection Refused*. Se Eu fosse Ela, deletava a vida, concorda comigo? Inclusive aquela outra frase bem bichosa do Freddie Mercury, que ela também mandou pro Jimmy. Como é mesmo? Ah, "a minha maquiagem pode estar caindo, mas o meu sorriso permanece". Acho que é essa, sim. Tradução marreta por culpa minha mesmo. Me mostrou, Eu li e aprovei numa boa. Cinicamente. Numa situação dessa você faria o quê? É claro, Eu me vingo dEla concordando sempre. Também, que mensagem mais por fora! Até Eu sei que esse cara curte mais o Jim Morrisson bêbado mostrando o pinto num *show*.

Se ela entendesse isso, tentava um *plug-in*. Interconexão direta da cabeça com o coração, caía na real. James Dean não está em nenhum lugar do ciberespaço sideral, é só um nome de guerra.

Parece que eu estou vendo a tela piscando, insistindo: "ledabox@script.jah.br".

No *New Messages On Server*, caixa vazia. Usuário desconhecido, *Host Unknown*. *Online* é um tremendo buraco negro na vida da gente, você sabe! É isso e mais nada. Não tem mensagem pra Leda, pelo menos do Jimmy. A Internet nem sempre dá liga. Na falta, é pra mim que Ela vai ligar. Pelo telefone. Quer ver só? São dez pras cinco, não falha. Dou-lhe uma, dou-lhe duas, dou-lhe três... Viu? É Ela.

No meio foi...

Tecle *ENTER* para James Dean

"É isso mesmo e pronto!

Isso mesmo o quê?

Eu tenho que ver como é o James Dean de frente, se não Eu não sou Eu direito, certo?

Humm...
Alô, Mário, escutou?
Claro, fala, Eu estou te ouvindo.
Sei lá, tem hora que você some.
Se desse, Eu me desligava de você, Leda!
Ah, vai, para de besteira.
Besteira é você esperar um cara que nem existe.
Como não? A gente se plugou direto!
James Dean está morto, Leda!
Não esse da Internet.
E Eu...?
Você é o melhor cara do mundo e Eu te gosto muito!
Gosta como?
Sei lá, é diferente.
É sempre assim, comigo é tudo diferente.
Te juro, Mário, Eu queria que ele fosse do teu jeito.
Mas Eu não sou ele e fim!"

Se põe no meu lugar, amigo, *online* de preferência, e me dá um toque. Vou dizer o que mais pra Ela? Fala! Que a Leda não engata uma, é sempre meio a meio. Nem magra nem gorda, nem alta nem baixa, não é alegre nem triste. Metade dEla parece que chora, metade ri. Sincera? Até pode ser, mas o mundo dEla é uma mentira. Olha só esse tal de James Dean! Nunca deu as caras e Ela não desencana. Sumir com Ela na garupa da minha CR, Eu não posso. Ia ser o primeiro paraplégico que sequestra e faz amor com uma garota na marra. Escutou o gemido? Foi o parafuso que esganiçou, deu a maior engasgada com essa de sequestro. Às vezes, ele goza de mim. Sabe que, no meu caso, não dá pra exigir muito. Vinte e sete anos, frila de *designer*, frila no amor e, além do mais, parafusado numa CR. Por um tempo, isso é o que os outros dizem. Já faz um ano que Eu capotei com a moto, e só agora o meu pé esquerdo deu o ar da graça. Espera só um pouco que Ela está me chamando outra vez:

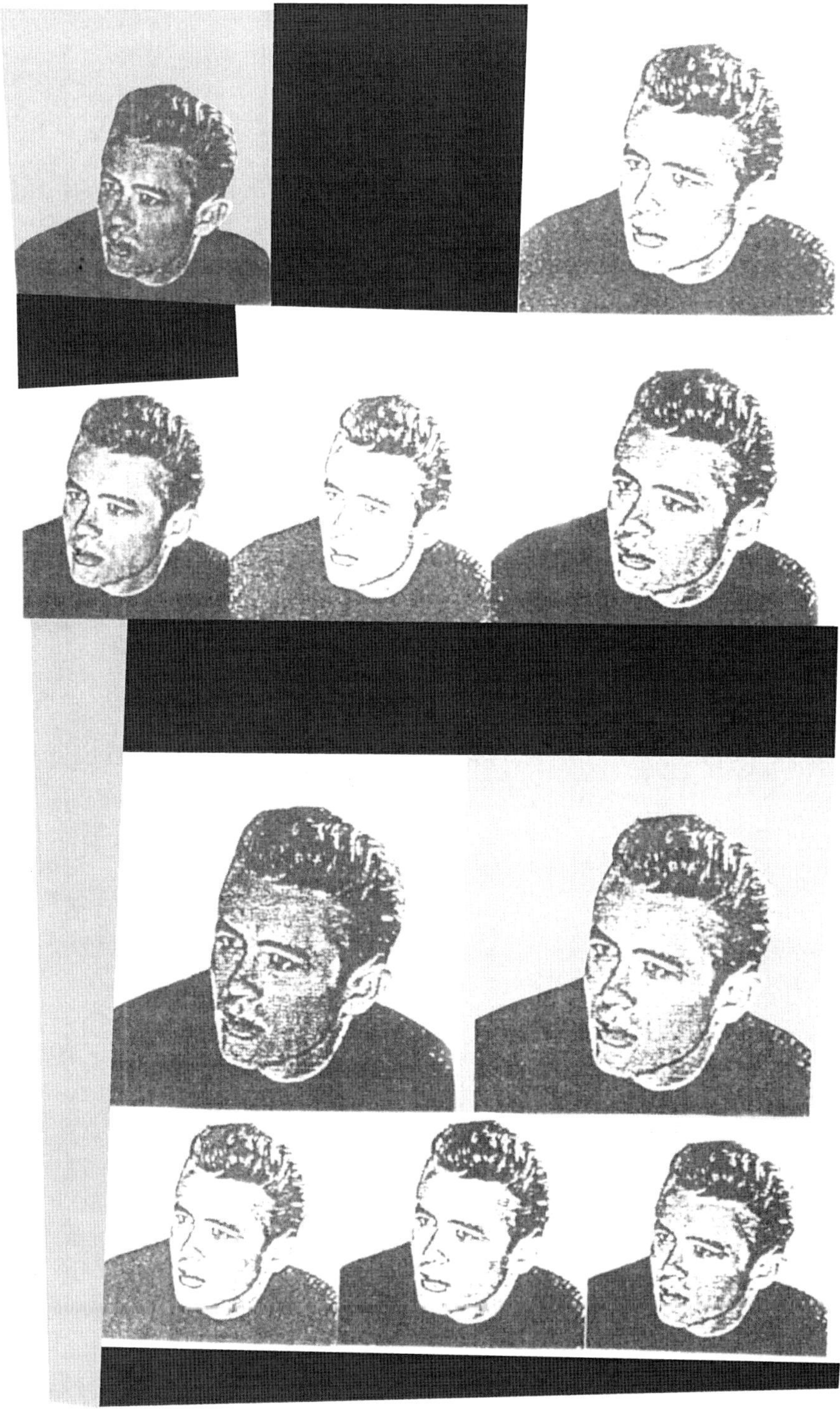

"Entende ou não entende?

Você não me prometeu nada, a vida é sua, garota!

Que caretice, a minha vida é de você também!

Minha e do James, não esquece que esse nosso papo é de três.

Não enche, Mário... Desculpa".

Agora, sim, chegou a hora daquela terapia. Presta atenção como Ela vai contar de que jeito o sacana apareceu. É sempre assim, ouviu? Sábado-solidão, o primeiro comando é se colar na tela do computador. Acesso ao provedor, *home-page*, correio-eletrônico, mil papos na Internet. Dá uma excitação, é sexo seguro à distância, com preservativo, teclado e tudo. No começo, com um monte de gente num *chat* grupal, uma zorra. Depois, reservadamente com ele, só os dois. James Dean é o codinome dele, Ela é sempre Leda e fim de papo. O pior vem daqui a pouco com o desencontro no cinema e, de repente, Eu.

A primeira vez que Eu vi a Leda, Ela não me viu. Foi no saguão do Espaço Unibanco, e o filme programado pra uma sessão única era *Juventude transviada* com o outro James Dean. São tantos, às vezes até em dose dupla, como nessa noite.

Um ia aparecer no telão da sala 2 a mais de 100 quilômetros por hora. *Flashes* de um demônio loiro com longas tomadas de um anjo loiro também. Forte e superinseguro, rebelde e caretaço, herói pra cacete e meio bundão, esse cara ainda dá o que falar. Urinou no *set* de filmagem, disse tudo que a gente é na vida em três filmes e deu uma arrancada no céu. Com direito a asas cor-de-rosa, óleo Johnson no bumbum, muita porrada nas hipocrisias e todas as bênçãos da mamãe. De cigarro no canto da boca, aquela risadinha cínica, cara de chorão, ele dizia que a gente precisava viver rapidamente antes de morrer. Esse James Dean de Hollywood a Leda conheceu engolindo dois Toblerones, um saco de pipoca caramelizada e três Cocas *diet*. O outro tinha encontro com Ela às dez pras oito com nome de *login*, bytemanhas e confidências *online*, muitas clicadas e até um beijo de língua via *Personal Computer*. Esse daí achou melhor ficar bem lá no fundo do visor. Escuta, escuta só:

"Sabe essa transa de destino? Eu não acreditava, mas não dá outra. Eu acessei o comando, pedi entrada no *chat* e o Jimmy estava lá.

Conversando sobre cultura de peixe com mais seis dinossauros, sei...

E esperando por uma tal de Leda que justamente sou Eu!

Larga a mão de ser ridícula, menina, ele nunca apareceu!

Mas está aqui na minha cabeça!

Nunca te vi, sempre te amei, é isso, *miss* Leda?

Não é que Eu ame um cara que Eu nunca vi, é lógico. Mas Eu não posso gostar de outra pessoa se Eu não olhar como ele é, conectou agora?".

Não é só isso não que está acontecendo com Ela. Será que não dá pra você ser mais interativo e bater um papo com a Leda? Fala logo, amigão, conta que foi tudo um mal-entendido. Se você pensar comigo, vai ver que essa garota está trocando as bolas. Misturou o cara da Internet com o Jim Stark do filme, que no fundo é igualzinho ao Jimmy. Os dois a toda velocidade na contramão da vida.

"A morte não gosta dos velhos", alguém já disse isso. Falando nisso, quem foi que morreu com 24 anos num Porsche a 160 quilômetros por hora?

O James Dean, Mário, foi você que disse."

Eu sei disso, nem precisava Ela me contar tudo de novo. Eu sei, sei mesmo. O James Dean se apagou faz tempo e continua clicando no ícone de todo mundo. É um *net.veterans*, o maior antivírus.

Sabe aquela frase dele "ninguém me entende"? Então, ela aparece direto no filme. Está nos olhos da Natalie Wood, na boca do Sal Mineo, no jeito revoltado do Jimmy. "Ninguém me entende", só pra você ficar sabendo mais uma, foi a mensagem que a Leda mais recebeu do outro James Dean que sumiu no buraco negro do computador. Percebeu? Joia! Acompanha o meu pensamento e vê se não é sempre assim. No começo, eles ficam ligados nessa de contar tudo, de abrir o coração, meio que tirar a roupa numa transa supersaturada de comandos, teclas e fios. Um sempre imaginando o outro, descobrindo o jeito da testa, dos cabelos, do nariz, os dois querendo se esconder atrás do *mouse*, mas também querendo muito se ver. Não demora muito pinta aquele clima "é agora ou nunca", a gente precisa demais se encontrar. Dá pra empurrar com a barriga mais um pouco, até que de repente o James Dean verdadeiro entra em cartaz pra matar a saudade do pai, da mãe e da tia da Leda, que assistiram a *Juventude transviada* ou, se você quiser, *Rebel without a cause*, em 1956. A família não foi, mas a Leda e o Jimmy da Internet resolveram se conhecer. É isso que Ela está me contando agora pela milionésima vez:

"Ele disse que eu ia saber logo que era ele porque ele vinha de *jeans*, camiseta branca e aquela jaqueta vermelha, tudo igualzinho ao James Dean.

E foi fácil achar o cara?

Vai te catar vai, Mário, a gente se ligou um tempão pela Net.

O cara te deu um cano, Leda, se liga nessa que é melhor.

Vai saber se ele não foi mesmo e me viu saindo com você.

Ele marcou antes do filme e nessa hora você ainda nem me conhecia".

Naquele dia, Eu estava lá. Cheguei às vinte pras oito e já fui vendo a Leda olhando cada um que entrava na maior agitação. Prestei bastante atenção nas pernas dEla, achei grossas demais. As pernas da Leda indo pra todos os lados, Ela meio enlouquecida, meio chorando, tudo pela metade. Até Eu na minha CR sem coragem de atravessar o meio do saguão. Foi muito louco ficar ali paralisado, e Ela meio se mostrando pra alguém que nunca chegava, meio se escondendo atras daquele balcão de café. Me ver, Ela não podia mesmo. Nem Ela, nem ninguém, porque com esse meu jeito Eu não levo nenhuma de James Dean. Isso Eu fiquei sabendo depois, quando fui ficando amigo e até confidente da Leda, que no fundo mesmo Eu não sei bem como é.

Também não sei por que eu não fui direto pro banheiro, a bexiga doía e o parafuso estava nos seus piores dias. Chamou a atenção de todo mundo, menos dEla. A Leda esticava o cinto, provavelmente junto com o elástico da calcinha, James Dean não vinha. Ia até a entrada, voltava, dava uma geral e não via o Jimmy. Me perguntou as horas, cinco minutos depois perguntou de novo, nem percebeu que eu estiquei a mão só pra Ela com um dropes sabor tangerina. Foi então que eu resolvi dar aquela mijada, pensando que naquele saguão definitivamente Eu não existia pra Ela.

Ainda bem que Eu tinha acabado de fechar o zíper quando Ela enroscou a bolsa na minha CR. A Leda entrou com tudo no banheiro de deficientes. Agora Ela ri:

"Foi muita estupidez você me dizer que Eu estava dando uma de ceguinha, tipo Helen Keller, só pra ver como paraplégico acerta na privada o último pinguinho.

Eu não falei isso.

Falou.

Você me chamou de Christopher Reeve com um parafuso a mais.

Eu?

Você mesma.

É que o filme já ia começar.

E Eu que tinha que subir aquela rampa sozinho e chumbadão na cadeira!".

O filme começou, a sala estava cheia, demorei pra estacionar a minha CR. Sem saber — vai entender se não foi o destino, como Ela fala — Eu acabei sentando junto da Leda. Meio escondido no corredor do lado direito, bem na direção da penúltima fila. Eu, Ela e o Jimmy. Ele apareceu fantástico com aquele jeito de selvagem atirado das nuvens, fora do mundo, superfrágil e estupidamente rebelde. Um pouco Eu quis olhar as mulheres como ele, tipo "longe dos olhos e perto do coração", assim agressivo, mas de leve. Desbaratinei, o James Dean não ficava tão grande na tela. Era até baixinho, ou não era?

E o cara da Internet, como ficava nessa? Moço direito fazendo uma força do cacete pra ficar com cara de homem mau igual a esse outro Jimmy! Credo, que ridículo, estou fora!

Estou mesmo? Não dá pra saber direito. Melhor fazer silêncio que todo o cinema está se vendo nele. Transviados, rebeldes sem causa, computeiros, internautas de outras galáxias, cibernéticos, ciberamigos, ciberamantes, anjos indecentes, solitários.

Sei lá como — acho que foi pela velocidade do amor interconectado com o ódio —, o James Dean ganhou toda a sala. Até Eu, a Leda também, que começou a rir do barulho tremendamente irritante da minha cadeira de rodas. Ela riu bastante. Eu ri até mais, lembrando a bronca do banheiro. Tudo meio baixinho, meio nervoso, meio entendendo que ali, no escurinho do cinema, bem na frente do desespero do Jimmy, a Leda estava ficando muito mais perto de mim em cada cena.

A gente saiu junto, fiquei amigo na cabeça dEla. Eu mesmo caí de quatro e comecei a curtir o maior ciúme do filme, do James e do bola murcha da Internet. Um aparece de vez em quando no cinema, o outro deve ter cancelado o *e-mail* da rede. Pelo menos pra Leda, pelo que Eu estou sabendo, ele nunca respondeu. Nunca, nunquinha.

Falando em responder, Eu preciso ter o maior peito pra confessar agora, bem agora que Ela me perguntou uma coisa que Eu não ouvi direito, mas Ela está esperando uma resposta, é justamente agora ou nunca que Eu conto pra Leda que Eu sou o James Dean da Internet. Concordo que menos loiro do que você, amigo, mas na medida. Ou na metade, sei lá. Pena que naquela noite não deu pra Ela ver que eu estava de *jeans*, camiseta branca e jaqueta vermelha, esperando a Leda antes da hora. Dane-se.

Coragem, Mário, atarraxa bem o coração com a cabeça. E você, James, sai fora que o Jimmy agora sou Eu.

"Vai, Mário, responde!"

No final é sempre...

Se liga na minha tela

(12:11:06) James Dean: entra na sala...

(12:11:15) Leda *grita com James Dean*: ledabox@script.jah.br., TECLO OUTRA VEZ E QUERO SABER SE VC JÁ VOLTOU PARA A SALA!!!

(12:11:54) James Dean *fala para Leda*: Voltei. Sou devagar, mas eu sempre volto.

(12:12:01) Leda******** *sorri para James Dean*: Continua falando, então, Mário...

(12:12:47) James Dean *fala reservadamente com Leda*: Eu estou superdecepcionado com você, poxa!

(12:13:29) *Leda fala reservadamente com James Dean*: Quer dizer que vc pode fingir e eu não posso?
(12:14:20) James Dean *pergunta para Leda*: Desde quando você sabia?
(12:14:58) Leda *fala para James Dean*: Foi na segunda vez que a gente foi ao cinema.
(12:15:34) James Dean *surpreso com Leda*: VC descobriu como?
(12:16:13) Leda *fala para James Dean*: Sabe o parafuso da sua cadeira? Ele te entregou, oras!
(12:16:54) James Dean *discorda de Leda*: Nessa eu não entro, Leda!
(12:17:20) Leda *fala para James Dean*: Te juro. Lembra um dia que vc me telefonou quando vc ainda dava uma de James Dean?
(12:18:01) James Dean *pergunta para Leda*: Sei lá, e daí?
(12:18:34) Leda *sorri para James Dean*: Eu escutei o seu rangido, entendeu?
(12:18:58) James Dean *fala para Leda*: Explica melhor.
(12:19:14) Leda *fala para James Dean*: Eu sabia que aquele barulho não era estranho e foi só encaixar o parafuso na sua CR!
(12:19:59) James Dean *pergunta para Leda*: E agora como a gente fica?
(12:20:30) Leda ******* *sorri para James Dean*: A gente não FICA, porque o comando para vc agora é RESET, James Dean. Entendeu?

Problema bom

Márcia Leite

O Problema

Estar apaixonado pela amiga da irmã da gente é um problema. Problema bom, é verdade, se é que problemas podem ser valorados de um modo assim tão maniqueísta: problema bom, problema mau, problema quase bom, problema muito mau. Sei apenas que este meu problema, que tem cabelos compridos e olhos azuis — ai, meu Deus —, é bom, incontrolavelmente bom, definitivamente bom.

Lígia, L-Í-G-I-A... Lííígiaaa... Descobri o seu nome depois de uma batalha vã e de um suborno bem-sucedido.

A Descoberta

Num tenebroso primeiro dia de aula, ainda abestalhado por ter sido brusca e involuntariamente acordado antes das dez horas da manhã, pátio lotado, percebo um bichinho indefeso, assustado, cercado por urubus: carne nova! A vítima defende-se como pode. Desperto naquele olhar, naquele sorriso lua minguante. Sinto que chegou a minha derradeira oportunidade. Salvar a linda presa e obter a eterna gratidão feminina. Aproximo-me com cautela. Confirmo: ela é mesmo linda!

No entanto, durante as rápidas passadas em direção ao embate, revejo minha camiseta amassada e meus tênis de supermercado. Imediatamente, meu cérebro interrompe a mensagem e minhas pernas dobram para a direita, desobedecendo a uma estranha voz que me ordenava seguir. Mas o sinal soa forte, e a mocinha sobrevive aos facínoras... Como é bonita! Caminho em direção à classe, inconformado com a minha covardia. Os olhos azuis seguem sozinhos. Hei de vencer, juro a mim mesmo, com um gosto de desconfiança amargando a boca, como quando a gente encontra um chiclete velho no fundo da mochila, masca um pouco e cospe, arrependido.

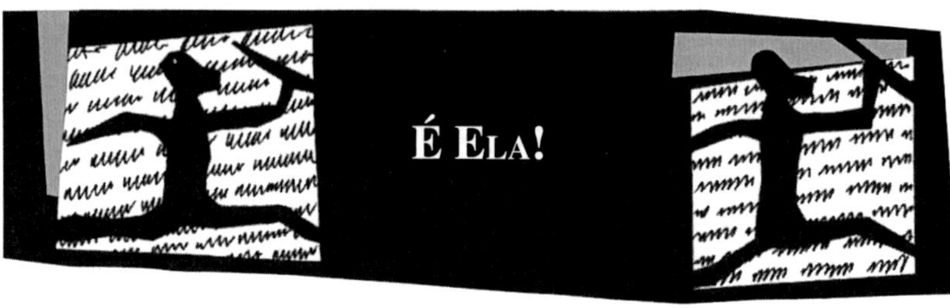

É Ela!

Como descobrir o nome dela? Sonho acordado durante a aula de História. O professor, a própria encarnação de um fóssil, inspira-me para elaborar um plano pré-histórico: por que não um rapto posterior a uma rápida paulada na cabeça, seguida por um desmaio oportuno? Vejo o galã da pedra lascada, eu mesmo, puxando os olhos azuis pelos longos cabelos, arrastando-a até o corredor atrás do laboratório, até a rampa da saída, até a porta da minha caverna. Vejo os mesmos olhos azuis abertos e agradecidos por terem sido escolhidos entre todos os outros pares de olhos do colégio. Vejo o meu coração transbordando de virilidade. Bato o punho cerrado no peito: "Mim Tarzan, mim Juca"... Desisto! Onde encontrar um bom bastão de madeira numa escola em plena crise financeira? Onde encontrar coragem pra me aproximar daquele azul?

A Revelação

Dias, dias e mais dias correndo atrás de uma solução que me traga o nome dos Olhos do meu amor. Sim, porque amo aqueles Olhos mais do que a um caminhão inteiro de chocolates Prestígio. Até que, repentinamente, durante minha primeira e obstinada perseguição, a revelação do que poderia ser, afinal, um aceno dos céus em minha direção — ou, ao que tudo parecia indicar, a mortalha dos meus mais puros sentimentos: os Olhos, o azul da minha existência, o olhar do meu olhar estudava na classe da minha irmã! Sem saber se sorria ou chorava, optei por cabular a aula e pensar melhor.

O Suborno

Na saída da escola, encontro a que me pareceu a saída mais viável para a situação em que me encontrava: por que não me desdobrar em gentilezas, ao menos uma vez na vida, com aquela Ovípara Jararaca gerada por minha mãe?

Espero-a no portão. Não demorou a aparecer. Ela, ao ver que a encarava com a expressão mais amistosa que consegui extrair de minha alma circense, aproximou-se relutante.

— Tá passando mal, é? — indaga, com aquela expressividade tão comum aos répteis.

— Não, por quê? — capricho no calor da resposta.

— A última vez que me olhou com essa cara, você estava com quase 40 graus de febre. Então, tchau... — finalizou, virando as costas para o que deveria ser a promissora oportunidade de reaproximação de nossas existências. E a salvação, é claro, do meu coração.

Senti que pelos Olhos eu me humilharia até a morte. Chamei a escamífera:

— Renata!

Ela não se voltou. Acelerei meus passos.

— Então eu te espero pra voltarmos juntos e você me despreza dessa maneira? — chantageei.

— Desembucha, Juca, o que você quer, hein? — fulminou-me, com a língua bifurcada. Não era besta, é claro, alguma coisa tínhamos em comum. Genética, pura genética.

Respirei antes de pedir:

— O nome daquela morena de olhos azuis.

— Pra quê? — ela sorriu poderosa.

— Não é da sua conta! — disparei. Mas logo modulei a voz, em tom de súplica: — Só quero o nome, por favor...

— Então pergunta pra morena pessoalmente — ordenou, convicta, a definitivamente ovípara jararaca.

Durante o trajeto de volta ao mesmo lar, permanecemos num mutismo de causar inveja a necrotério. Porém, sempre disposto ao diálogo, acreditando na irmandade que une todos os povos, pensando nos Olhos e no meu coração maltratado, reinicio o papo:

— Diga logo o que você quer, diga! Pode pedir, sua interesseira de sangue frio!

— Sua camiseta nova, três dias de quarto só pra mim, uma semana sem enxugar a louça do jantar e, deixe-me pensar... Ah, já sei: a parede da janela pra eu colocar uns pôsteres novos.

Sete passos, oito, nove até ordenar a minha raiva e o meu desejo. Se não me achasse tão feio, se não me sentisse tão por baixo diante dos outros caras, se não tivesse a timidez dos protozoários... mandava-a contar cobras no Instituto Butantan. Mas precisava saber o nome dos Olhos. O nome!

— A parede da janela? Mas é território neutro. Combinamos assim há um tempão. Quem você vai pregar lá, hein? O Brad Pitt? O Johnny Depp? Um pôster da Pizza Hut? — perguntei, só pra ganhar tempo. Precisava pensar. Os Olhos. Os Olhos... — Você está me explorando! — contra-ataquei.

— É, queridinho?

— Fechado!

Todo Sacrifício Vale a Pena

Dormi na sala dois dias seguidos: sofá de dois lugares, um metro e setenta e nove centímetros de músculos contorcidos, murmurando um nome. No terceiro dia, depois de ter matado as últimas aulas e andado o bairro inteiro em busca de um modo de abordar os Olhos de uma maneira criativa e avassaladora, volto pra casa deprimido, subo as escadas deprimido, abro a porta do quarto deprimido e, deprimido, dou de cara com a anfíbia desovando os cacarecos da sua mochila na minha cama, vestida com a minha camiseta, e ouvindo o meu CD!

Segurei a maçaneta a ponto de entortá-la. Nunca sei o que fazer com a força que brota do meu corpo ou do meu coração. Pensei em praticar halterofilismo com a sapa, ou degolá-la com a gargantilha que usava. Mas, como honrado cavalheiro que sou, segurei a ira. Faltava uma noite e ela se chamava Lígia. A minha cama era a melhor coisa do mundo e ela se chamava Lígia. A minha camiseta tinha custado meia mesada e ela se chamava Lígia. O estúpido do Leonardo DiCaprio sorria na parede da janela, mas ela se chamava Lígia.

A língua viperina flagrou os meus pensamentos.

— Saudade da caminha? — provocou.

Não respondi.

— Viu como a camiseta ficou boa em mim? Melhor do que em você, não acha? — ela prosseguiu, na certa querendo testar o limite da minha paciência.

— Em cima dessas escamas, qualquer coisa enfeita — retruquei. E continuei a mexer no meu armário, sem pressa e sem voltar o rosto.

O Encontro ou a Traição de Judas

Devia ter voltado. Quando me virei pra ir embora do quarto, tendo nas mãos uma muda de roupa pra trocar, os Olhos, em carne e osso, estava ali, bem na minha frente, sentada na minha cama! Os Olhos sorriu pra mim. E eu dei um passo em falso, apresentando a ela a minha insegurança, o meu frio na barriga, o vermelho da minha timidez. A minha estupidez.

Os Olhos... Os meus Olhos, na minha cama! Bela irmã essa minha: enquanto eu me armava de técnicas e estratégias de como abordar a dona do meu desejo, ela atacava sem dó nem piedade. Por trás. Por provocação. E ganhava. E me traía. E exibia o troféu da vitória para que eu me sentisse um estúpido derrotado. As duas noites encaixotado no sofá auxiliaram-na pra que eu não a estrangulasse. Estava sem forças nos braços. Quem ela achava que era pra ir me desmoralizando na frente dos Olhos... Dizer assim pra Lígia, de supetão, bem na minha cara, sorrindo inocente, que eu estava louco pra conhecê-la e que inclusive pagara um preço altíssimo pra saber como ela se chamava! Foi o fim da picada, ou melhor, foi o funeral da até então agonizante relação dos irmãos Queiroz!

A Reação

Não tive coragem de encarar os Olhos depois das palavras envenenadas da lacraia e, com certeza, não haveria algum tipo de saída digna para aquela situação. Um caroço de abacate, uma bola de basquete teimava em descer pela minha garganta. Impossível engoli-la. Sufocado, asfixiado, contei: 1, 2, 3, 4... Não seria o número dez que me faria vislumbrar uma solução. Não havia solução. A víbora salivava de prazer diante do meu embaraço. Lígia segurava um sorriso, talvez só por compaixão ou piedade. Mulheres conhecem algum sentimento nobre? E eu lá: 5, 6, 7... Nada mais importava. Parei no 8. E disse:

— Avisa a mãe que eu vou sair e não tenho hora pra voltar...

A Fuga

Saí tão depressa que mal tive tempo pra aproveitar o olhar estupefato da anfíbia. Ficou com a linguinha entre os dentes, sem tempo pra me questionar. Surpreendeu-se com o meu "não tenho hora pra voltar" ainda mais do que eu. E a convidada, a minha doce convidada, a minha amada convidada, provavelmente sem entender nada. Nem eu entendia a coragem que brotava em mim naquele momento. Não tinha pra onde ir, nem hora pra voltar. Mas ia, e pra lugar nenhum.

Sem Destino

Na rua, nublado pelas lágrimas, fiz sinal para o primeiro ônibus que passou no ponto. Subi. Nada me fazia esquecer o vexame passado, nem a minuciosa análise dos quadris que desfilavam pelo corredor. Precisei, num dado momento, disfarçar o nariz de choro escorrendo. Abracei a cabeça de um modo estratégico, esbarrando o braço no centro do rosto. Ninguém olhava. Senti um odor tão humanamente desagradável! Vinha do meu próprio corpo. Estava fedendo. Dentro e fora. Vergonha e CC. E a víbora lá em casa, tomando lanche com a Lígia... A que ponto tinha chegado, lamentava, cheio de pena de mim mesmo. Foragido de casa, sem destino conhecido e cheirando como um carregador de piano de cauda! E a víbora lá, no meu quarto, deitada na minha cama, com a minha camiseta, fazendo a cabeça da minha Lígia contra mim.

Pessoas entravam e desciam. Eu não tinha distância nem direção. Mal tinha certeza se eu era mesmo um homem e não um roedor qualquer. Pra piorar as coisas, comecei a ficar sem ar. Maldita asma! Maldito coração!

Pude finalmente entender o que era uma crise motivada por fundo emocional. Respirei fundo, tanta gente no ônibus disputando os mesmos metros cúbicos de oxigênio, tanta coisa pra pensar... Ar, precisava de ar. Esquecera a bombinha broncodilatadora. Esquecera a carteira com os míseros trocados que tinha. E precisava de ar e precisava do olhar da Lígia de um jeito como nunca precisei do olhar de ninguém. Ar! E a víbora lá, com ela... Ar! Ao me aproximar da roleta do cobrador, descobri o óbvio: cadê o dinheiro da passagem? Deu branco. Sentei-me novamente e esperei, esperei... Ar! Pedia emprestado ou saltava feito um gatuno? Ar! Outra humilhação, não! Atropelei três passageiros e fugi pela porta de entrada. A falta de ar ficou no ônibus em movimento: viva a taquicardia!

Maratona

Nunca andei tanto em minha vida! A noite correndo de mãos dadas com a minha fome por ruas por onde nunca passei. Apenas um pensamento me confortava: não dera à sapa e aos Olhos o gostinho de me ver com a língua de fora, suplicando um copo de ar...

O amor então era isso? E se o meu coração sofresse de arritmia? E se os Olhos estivesse morrendo de rir de mim? Um bobo que dormia no sofá em troca de um nome? Lígia, Lipirica, Ligrustlé, Libolzeta, que diferença fazia como ela se chamava? Como era difícil esperar pelo que iria acontecer... E bem eu, que nunca gostei de novela de TV, teria agora de aguentar uma história repartida em capítulos. E a humilhação de encarar os Olhos novamente! Irmã de irmão nunca deveria passar da educação infantil. Taí: guilhotina antes do primeiro ano. Palavra: e ela até que era uma menina boazinha... A princesa que virou sapa!

O Retorno

Minha mãe quase me matou quando cheguei em casa. “Filho meu”, disse ela, “não deixa esse tipo de recado antes de completar vinte anos”. Não adiantou tentar explicar. Não adiantou tentar mostrar meus calcanhares cheios de bolhas d’água. “Não tire o tênis no meio da sala, pelo amor de Deus!,” ela gritou, antes que eu pudesse exibir as chagas da minha paixão infeliz.

Fui pro quarto sem jantar. Depressão geral e absoluta. O pior foi dar de cara com aquela rã deitada na cama. A maldita nem se deu ao trabalho de esconder o riso atrás de uma revista. Entrei debaixo das cobertas com roupa e tudo. O estômago fazendo mais barulho do que o coração. Travesseiro na cabeça. Dormi no ato.

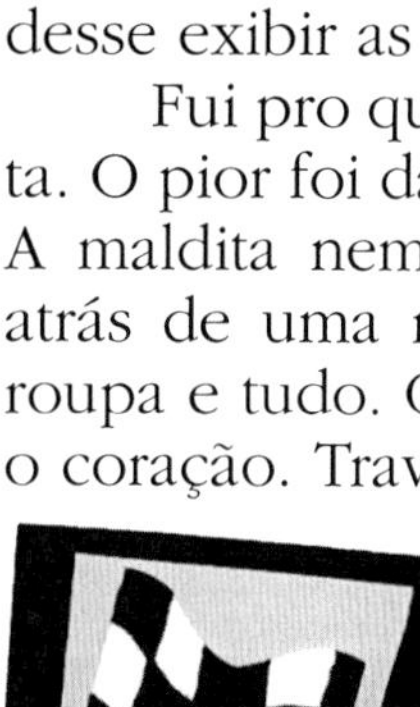

Contra-Ataque

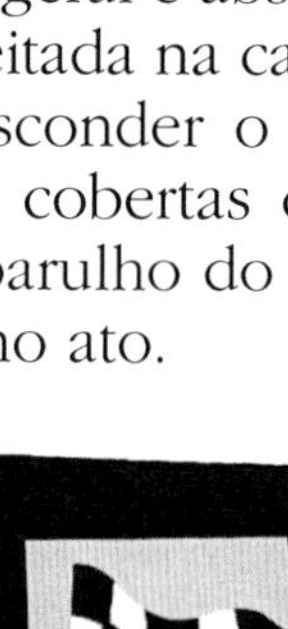

Depois da queda, a colossal recuperação. Tive de tomar uma atitude na vida: ou mudava de paixão ou de tática. Não, o meu amor não! Optei pela segunda alternativa, intuindo, porém, que a primeira era bem mais razoável. E já que não podia contar com uma aliada na família, de um dedo-duro é que eu não precisava. A partir daquele dia, a tática foi: ignorar, ignorar, ignorar. E mais: esnobar, menosprezar, dificultar, ridicularizar e todos esses verbos prepotentes usados por quem está louco pra correr diante do mais discreto piscar de olhos ou estalar de dedos.

Não dar bandeira foi a grande provação da minha técnica. Sabe lá o que é evitar até mesmo olhar para aquele rosto lindo que a Lígia tem? Sabe lá o que é passar pela quadra como quem só está mesmo passando, sem poder ao menos parar um pouco pra namorar as pernas dela naquele shortinho agarrado? Sabe lá o que é chegar em casa e dar de cara com ela esparramada no sofá e fazer pose de durão, sem olhar, e balbuciar um inaudível "oi" depois de não ter conseguido assistir a nenhuma aula direito, pensando em como deve ser o gosto do beijo dela?

Uma professora falou uma frase boba outro dia, mas achei bonito e escrevi na contracapa do caderno: "Esperar é morrer um pouco a cada dia"... O Jorge me flagrou copiando e arrematou com aquela sabedoria de centroavante:

— Quem espera nunca alcança, se cansa!

O Teatro

Sábio Jorjão, estava mesmo cansando de tanta espera. Achei por bem partir pra um outro tipo de investida: teatrinho... O cenário: minha casa. Os atores: eu, a jararaca e o meu amor. A trama: ciúme.

Comprei um pôster novo pra jararaca, só pra disfarçar. Deixei que ela o pregasse na porta do guarda-roupa. Primeiro: sorriu, desconfiada. Segundo: ficou alegrinha, a coitada. Terceiro: até pediu desculpas por ter dito o que disse pro meu amor. Quarto: desconversei, disse que eram águas passadas, que a Lígia era muito criança pra mim. Quinto: menti pra ver se ela acreditava. Sexto: bom mesmo seria que eu acreditasse. Mas, sétimo: os Olhos não saía de dentro de mim...

Obrigado, Graham Bell

Quando os Olhos vem estudar aqui em casa, e isso atualmente é um fato bastante frequente, faço agora o papel de gentil desinteressado. Não paparico, nem puxo conversa. Fico distante, na minha, de uma cortesia quase britânica. Noto uma certa curiosidade e surpresa. Fujo o tempo todo dos lugares onde estão, num eterno gato e rato: se as duas estão na sala, apareço no meio do papo e ligo pro Jorjão. Curiosa como é, a cascavel não sai do lugar. E meu amigo, como sabe de tudo, me ajuda a pôr em prática a tática de guerrilha número dois. Conversa vai, conversa vem, metemos os pés pelas mãos pra impressioná-las. Tenho uma infinidade de assuntos anotados na agenda; pego do jornal, ouço no noticiário, invento... É só desfiar o novelo. A orelha das duas fica deste tamanho! E eu lá: cinema, teatro, livros, garotas, política, esportes, garotas... garotas, muitas garotas!

Pobre Lígia. Pobre de mim. Morte aos répteis e aos anfíbios!

Outra tarde, bem de propósito, telefonei pra menina mais bonita da minha classe e, coincidentemente, também a mais tola. Dessas que só investem no visual e na vida alheia, como uma certa consanguínea minha. Sabendo disso, e notando que a Lígia cutucou a ovípara jararaca assim que eu pronunciei o nome da Carla, estiquei o papo por mais de vinte minutos. De vez em quando afastava o fone do ouvido e olhava na direção da Lígia como que a insinuar "que posso fazer se essa menina não desgruda de mim?".

Se a Lígia soubesse o quanto eu queria estar colado nela, amarrado, etiquetado...

O Plantio

Otimismo sempre me pareceu o estado de espírito dos idiotas. Acho que fiz minha inscrição nesse clube quando percebi que os Olhos telefona pra sapona todos os dias que não aparece aqui em casa. Então, com meu raciocínio preciso e meu coração acelerado, fico na espreita, velando o telefone todas as tardes. Soa o primeiro triiimmm, atendo prontamente. Quando ouço aquela música dos deuses perguntando "Por favor, a Renata está?", chego a me arrepiar. Mais veloz que o arrepio, porém, tenho que ter à mão uma rápida resposta, ou melhor, uma rápida desculpa que justifique a demora da rã em atender o telefone. Enquanto isso, ou melhor, enquanto minha irmãzinha não grita seu eletrizante "É PRA MIM????", que estremece as paredes escada abaixo, vou conhecendo mais profundamente a minha escolhida, da mesma forma que ofereço aos Olhos a oportunidade de me conhecer melhor.

Coincidência

Na última festa a que fui, praticamente arrastado pelo Jorjão, quase tive um ataque de nervos: ela estava lá. Os Olhos. Com outras amigas, sem o veneno da ovípara escamosa. Casualmente, ela sorriu pra mim. Casualmente, me esforcei por chegar perto dela enquanto dançava. Casualmente, não desgrudei um só minuto. Casualmente, ficamos juntos a noite inteira. E, casualmente, eu tive certeza de que o mundo é belo, de que os anjos são reais e de que a felicidade não é um substantivo abstrato.

Problema Insolúvel

A víbora está roxa de ciúme de nós dois. Isto, sim, é um problema.

Se por um acaso dos deuses, porém, minha irmãzinha envenenar os Olhos contra mim, URGHTTT!, não resistirei em acrescentar à refeição matinal dessa futura vítima de fratricídio um laxante de potência fabulosa adquirido recentemente. Não resisto a dar a última palavra. A ovípara pode morrer, mas o meu amor, não!

PELA PORTA FECHADA
Januária Cristina Alves

A porta entreaberta. Não tinha forças para fechar. Estava ali, ali ficou dias e dias, olhando a porta entreaberta, inventando histórias, acalentando emoções. Não se mexia. Ele ia voltar.

Havia um parêntese em sua vida. A frase tinha parado na vírgula, faltava completar, havia reticências e... uma brecha na porta. Tempo parado. Porta entreaberta. Ele ia voltar. Paralisada, muda, descabelada diante de uma porta.

— Me espera, me espera, eu vou voltar — dizia-lhe o vento, voz dele, por trás da porta.

Dias e folhinhas de calendário atirados fora. E a porta (bendita porta!), entreaberta. E ela ali, velando um espaço morto, que cheirava mal. Carregava um cemitério de esperanças dentro de si. E a Vida a tudo assistia pela fenda da porta. Só assistia. Afinal, ela era a dona do texto. Do livro, do parêntese e do ponto-final.

Mas toda história tem o "até que um dia...". Com a dela não ia ser diferente. Quase sem perceber, num gesto mecânico de quem aposta no escuro, ou melhor, num gesto desesperado de fé no não saber, um passo no nada, fechou a porta. Encostou-se atrás dela como se faz no melhor do cinema dramático. Fez cara e trejeitos de quem tem medo, porque, de todo modo, o coração disparou de verdade. Tinha fechado a porta entreaberta há muito. Por tanto.

Rodou a chave e deu dois passos para a frente. Mudou de ideia em seguida. Não iria fechar à chave, não. Porta fechada, mas queria, queria mesmo, que alguém entrasse por ali.

Seria assim, de supetão. Ele a pegaria de surpresa, fazendo a unha do pé, olhando para o teto, sem fazer nada. Não estaria distraída, pois nunca se distrai. Ainda mais com uma porta destrancada e um desejo enorme nas entranhas. Mas, de uma certa maneira, a pegaria desprevenida, por mais que, a cada hora, desse uma olhadinha, de soslaio, para o trinco da porta.

Viria assim, com fogo nos pés e sufocado pelo próprio ar que respira. Viria como quem não veio. Não se apresentaria, pois ela até dispensa identificações. Seria a conquista e a descoberta. Ela aprecia a irreverência e a falta de educação nas coisas do coração.

Traria um violão e deixaria a poesia para ela fazer. Cantaria todas as músicas que dissessem e lhe pediria para acompanhar. Dançariam todos os ritmos e se embriagariam com a festa.

Teria uma profissão, daquelas em que as pessoas precisam confiar. Seria alguém de confiança. E confiante. E confidente.

Seria livre e, de bom grado, se amarraria nela, porque prisões assim são doces. Aliás, doce seria, entre outras coisas. Firme e marcante, porque se sabe quando se come algo doce. Não tem erro, não.

Dispensaria mais detalhes, porque seria tão diferente de tudo o que ela já vira, do que sentira, que sua imaginação não alcançaria, seria finita. Faria melhor, seria melhor do que qualquer coisa que ela (d)escrevesse. Seria um susto, um assombro, uma delícia.

Indicado para viver um romance ideal. De enlouquecer, perder o rumo, esquecer o nome, as chaves, andar sem documento. Tão real quanto a porta, agora fechada. Sem trinco, sem trancas.

Neste instante ela resolve sair de casa para atender à Vida. Se o Amor chegar, aguardará. Saberá, com certeza, que logo mais ela entrará, pronta, querendo o início.

Fecha, então, o parêntese e encerra a história da porta entreaberta. Com muita vontade, acaba de começar outra. Cheia de vírgulas, sim, e muitos travessões. Diferente. Desigual. E sem a menor pretensão de botar-lhe ponto final.

THALES TRIGO

Isabel Vieira. Dei à protagonista de minha história o nome — real — da minha filha caçula (as outras duas são Aninha e Gabriela) e o perfil da maioria das garotas que me escrevem. Assim como eu, quando tinha a idade delas, minhas jovens leitoras sonham com um príncipe encantado. Mas Maria Clara, a personagem que as representa, é mais esperta do que eu era. Mais cedo descobriu que, se a gente não andar pela vida com os olhos abertos, pode confundir príncipes com sapos. Isso aconteceu comigo algumas vezes, porém, igual à Maria Clara, sou uma romântica incorrigível: sempre acho que vale a pena tentar. Duas, dez, vinte vezes, se necessário. Na pior das hipóteses, se tudo der errado, a gente foi feliz enquanto vivia aquele amor — e terá muitas histórias para um dia contar aos netos.

Januária Alves. Eu, como tantas garotas da minha geração, cresci ouvindo que "príncipes encantados não existem". Somos filhas de mães que enfrentaram as mudanças dos anos sessenta e que oscilavam entre ser românticas ou práticas, como se as duas coisas não pudessem coexistir. Drama delas, mas nem por isso deixamos de esperar esse tal "príncipe". Descobri, anos mais tarde, que essa espera, na verdade, esconde uma grande lição. A de que "amar só se aprende amando" e que, quando encontramos nosso "Amor de verdade", ele é, invariavelmente, diferente do que sonhamos e por isso mesmo mais interessante, fascinante e definitivo. Sábia lição!

Jorge Miguel Marinho. Como um lençol que se estende sobre uma criança dormindo, para no outro dia deixar a descoberta e o amanhecer por conta dela, o amor se cobre e se descobre o tempo todo. A parte melhor do amor é aquela que fica por entre as dobras da coberta, e na vida se assemelha aos encontros imprevisíveis, aos atos impossíveis, às grandes revelações. Aliás, revelação me parece uma boa palavra para (des)cobrir um dos sentidos do amor. Eu amo muito, sobretudo a humanidade e viver. Por isso os amores são muitos e as descobertas, infinitas. Uma delas, talvez a maior, aconteceu no mês de junho de 1972, quase no pico do meio-dia, num banquinho da USP, eu alegre, ela também, os dois sabendo sem saber que juntos cobriríamos e descobriríamos muitos amores, no tempo que a vida nos dá generosamente até hoje — como se fôssemos um lençol velando e desvelando o amor.

Luiz Galdino. Comigo aconteceu igualzinho ao poeta. Amar se aprende amando? Foi assim que aconteceu. Desde que me descobri gente, me vi invariavelmente amando. Muito antes de Amandinha, havia Luísa, Lígia, Lucimar e tantas mais que me esqueci de guardar. Verdade que poucas se imaginavam objeto de amor tão profundo. Mas que importância tinha? Eu amava. Amava perdidamente. E isso me bastava. Porque, de amor, quanto mais se dá, mais transborda o coração. Conte os amores que partiram sem começar e me diga se não.

Márcia Leite. Uma vez já escrevi em um prefácio de outro livro meu que não achava prudente afirmar que um autor nunca se confunde com seus personagens. Explico melhor: ao escrever uma história, e eu já escrevi algumas histórias de amor, acabo emprestando a cada personagem adolescente, de alguma maneira e com intensidade diferente, um pouco da minha memória afetiva, aquela memória impregnada das emoções e das angústias da garota que um dia fui. Uma garota que, como todas as outras, achava que amar era tão mais importante que viver. Hoje, naturalmente não tão garota, cheguei à conclusão de que viver e amar são importantes na mesma medida. E que o frio na barriga da paixão, aquela vontade de morrer de amor, tamanha a felicidade que ela nos causa, acontece na adolescência ou na maturidade. Ainda bem!

Vivina de Assis Viana. Devo ser mineira, demais da conta. Afinal, nasci por lá, numa fazenda cheia de árvores plantadas por meu avô. Devo ser paulistana, ao menos um pouco. Meus filhos nasceram por aqui, em apartamentos com um ou outro vaso de avenca, uma ou outra violeta. Mudas de raízes fazem bem à alma. Meu avô lia, além de plantar. Meu pai também, minha mãe. Às vezes, penso que eles teriam escrito histórias, se tivessem tido as oportunidades que me deram. Tento escrever as minhas, além de plantar e de ler. Nessa tentativa, "Enquanto meu amor não vem", remexi e transplantei raízes e mudas. Quase todas germinadas em tempos adolescentes, quando costumamos acreditar em mundos e fundos. Até no amor.

COLEÇÃO JABUTI

4 Ases & 1 Curinga
Adeus, escola ▼◆🗐⊠
Adivinhador, O
Amazônia
Anjos do mar
Aprendendo a viver ◆⌘■
Aqui dentro há um longe imenso
Artista na ponte num dia de chuva e neblina, O ✻★⌖
Aventura na França
Awankana ✏☆⌖
Baleias não dizem adeus ✻🕮⌖○
Bilhetinhos ✪
Blog da Marina, O ⌖✏
Boa de garfo e outros contos ◆✏⌘⌖
Bonequeiro de sucata, O
Borboletas na chuva
Botão grená, O ▼✏
Braçoabraço ▼⚐
Caderno de segredos ❑◎✏🕮⌖○
Carrego no peito
Carta do pirata francês, A ✏
Casa de Hans Kunst, A
Cavaleiro das palavras, O ★
Cérbero, o navio do inferno 🕮☑⌖
Charadas para qualquer Sherlock
Chico, Edu e o nono ano
Clube dos Leitores de Histórias Tristes ✏
Com o coração do outro lado do mundo ■
Conquista da vida, A
Contos caipiras
Da costa do ouro ▲⌖○
Da matéria dos sonhos 🕮☑⌖
De Paris, com amor ❑◎★🕮⌘⊠⌖
De sonhar também se vive...
Debaixo da ingazeira da praça
Delicadezas do espanto ✪
Desafio nas missões
Desafios do rebelde, Os
Desprezados F. C.
Deusa da minha rua, A 🕮⌖○
Devezenquandário de Leila Rosa Canguçu
Dúvidas, segredos e descobertas
É tudo mentira
Enigma dos chimpanzés, O
Enquanto meu amor não vem ●✏⌖
Escandaloso teatro das virtudes, O
Espelho maldito ▼✏⌘
Estava nascendo o dia em que conheceriam o mar
Estranho doutor Pimenta, O
Face oculta, A
Fantasmas ⌖
Fantasmas da rua do Canto, Os ✏
Firme como boia ▼⌖○
Florestania ✏
Furo de reportagem ❑✪◎🕮⚐⌖
Futuro feito à mão
Goleiro Leleta, O ▲
Guerra das sabidas contra os atletas vagais, A ✏
Hipergame ✍🕮⌖
História de Lalo, A ⌘
Histórias do mundo que se foi ▲✏✪
Homem que não teimava, O ◎❑✪⚐○
Ilhados
Ingênuo? Nem tanto...
Jeitão da turma, O ✏○
Lelé da Cuca, detetive especial ☑✪
Lia e o sétimo ano ✏■
Liberdade virtual ✏
Lobo, lobão, lobisomem
Luana Carranca
Machado e Juca †▼●☞☑⌖
Mágica para cegos
Mariana e o lobo Mall 🕮⌖
Márika e o oitavo ano ■
Marília, mar e ilha 🗐✎✏
Mataram nosso zagueiro
Matéria de delicadeza ✏☞⌖
Melhores dias virão
Memórias mal-assombradas de um fantasma canhoto
Menino e o mar, O ✏
Miguel e o sexto ano ✏
Minha querida filhinha
Miopia e outros contos insólitos
Mistério de Ícaro, O ✪⚐
Mistério mora ao lado, O ▼✪
Mochila, A
Motorista que contava assustadoras histórias de amor, O ▼●🗐⌖
Muito além da imaginação
Na mesma sintonia ⌖■
Na trilha do mamute ■✏☞⌖
Não se esqueçam da rosa ♠⌖
Nos passos da dança
Oh, Coração!
Passado nas mãos de Sandra, O ▼◎⌖○
Perseguição
Porta a porta ■🗐❑◎✏⌘⌖
Porta do meu coração, A ◆⚐
Primavera pop! ✪🕮⚐
Primeiro amor
Que tal passar um ano num país estrangeiro?
Quero ser belo ☑
Redes solidárias ◎▲❑✏⚐⌖
Reportagem mortal
Riso da morte, O
romeu@julieta.com.br ❑🗐⌘⌖
Rua 46 †❑◎⌘⌖
Sabor de vitória 🗐⌖○
Saci à solta
Sardenta ☞🕮☑⌖
Savanas
Segredo de Estado ■☛
Sendo o que se é
Sete casos do detetive Xulé ■
Só entre nós – Abelardo e Heloísa 🗐■
Só não venha de calça branca
Sofia e outros contos ☺
Sol é testemunha, O
Sorveteria, A
Surpresas da vida
Táli ☺
Tanto faz
Tenemit, a flor de lótus
Tigre na caverna, O
Triângulo de fogo
Última flor de abril, A
Um anarquista no sótão
Um balão caindo perto de nós
Um dia de matar! ●
Um e-mail em vermelho
Um sopro de esperança
Um trem para outro (?) mundo ✖
Uma janela para o crime
Uma trama perfeita
Vampíria
Vera Lúcia, verdade e luz ❑◆◎⌖
Vida no escuro, A
Viva a poesia viva ●❑◎✏🕮⌖○
Viver melhor ❑◎⌖
Vô, cadê você?
Yakima, o menino-onça ♨✍○
Zero a zero

- ★ Prêmio Altamente Recomendável da FNLIJ
- ☆ Prêmio Jabuti
- ✻ Prêmio "João-de-Barro" (MG)
- ▲ Prêmio Adolfo Aizen - UBE
- ✎ Premiado na Bienal Nestlé de Literatura Brasileira
- ☛ Premiado na França e na Espanha
- ☺ Finalista do Prêmio Jabuti
- ♨ Recomendado pela FNLIJ
- ✖ Fundo Municipal de Educação - Petrópolis/RJ
- ✪ Fundação Luís Eduardo Magalhães
- ● CONAE-SP
- ⌖ Salão Capixaba-ES
- ▼ Secretaria Municipal de Educação (RJ)
- ■ Departamento de Bibliotecas Infantojuvenis da Secretaria Municipal da Cultura/SP
- ◆ Programa Uma Biblioteca em cada Município
- ❑ Programa Cantinho de Leitura (GO)
- ♠ Secretaria de Educação de MG/EJA - Ensino Fundamental
- ☞ Acervo Básico da FNLIJ
- ✈ Selecionado pela FNLIJ para a Feira de Bolonha/96
- ✏ Programa Nacional do Livro Didático
- 🕮 Programa Bibliotecas Escolares (MG)
- ✍ Programa Nacional de Salas de Leitura
- 🗐 Programa Cantinho de Leitura (MG)
- ◎ Programa de Bibliotecas das Escolas Estaduais (GO)
- † Programa Biblioteca do Ensino Médio (PR)
- ⌘ Secretaria Municipal de Educação/SP
- ⊠ Programa "Fome de Saber", da Faap (SP)
- ⚐ Secretaria de Educação e Cultura da Bahia
- ○ Secretaria de Educação e Cultura de Vitória